유령의 일기

유령의 일기

황경신 장편소설

북하우스

나는 당신에게,

존재하는 존재이고 싶다.

차례

story no.1

유령이어도 괜찮을까

나는 횡단보도 앞에 서 있었다.

청명한 햇살이 반짝이는 초여름이었다. 안녕, 잘 가, 내일 보자 하면서 친구들과 짧은 인사를 나누고 헤어진 직후였다. 전철역으로 향하는 그들의 뒷모습은 그때까지도 내 시야를 벗어나지 않고 있었다. 파란불이 켜지면 횡단보도를 건너야지, 건너편에 있는 버스정류장에서 버스를 타면 돼, 한 번만 갈아타면 집까지 갈 수 있어, 갈아타는 곳 근처에 대형서점이 하나 있으니까 그곳에 잠깐 들러 책을 좀 사야겠다, 그러니까 사야 할 책이…… 나는 그런 생각을 하느라 신호등이 파란불로 바뀐 것을 미처 보지 못했다.

내 주위에 서 있던 사람들이 횡단보도를 반 이상 건넜을 때야, 뒤늦게 상황을 파악한 나는 서둘러 걸음을 옮겼다. 파란불이 깜박이고 있었고, 맞은편 버스정류장에는 내가 타야 할 버스가 막 도착하고 있었다. 나는 걸음을 재촉했다. 초여름의 푸른 바람이 불어와 나의 머리카락을 온통 헝클어뜨렸다. 그때였다. 급정거하는 날카로운 브레이크 소리가 공기를 찢어놓은 것은. 그것은 아주 멀리서 들리는 소리 같기도 했고 바로 내 귀 가까이에서 나는 소리 같기도 했다. 소리의 여운은 곧 사람들의 비명소리에 묻혔다.

나는 뒤를 돌아보았다. 그랬다고 생각한다. 한 무리의 사람들이 트럭을 둘러싼 채 웅성거리고 있었고, 여자들은 손으로 얼굴을 가리며 뒤로 물러섰다. 그 사이로 나는 보았다. 거대한 트럭 옆에 널브러져 있는 건 바로 나였다. 아니 좀더 정확하게 말하면, 영혼이 빠져나간 나의 몸이었다.

그 일이 있기 하루 전, 친구 정은이 갑자기 병원에 입원을 했다. 배가 아프다고 난리를 치다가 종합병원 응급실로 실려갔는데, 알고 보니 맹장염이었다. 친구들과 나는 정은의 수술이 끝난 다음 날, 정은을 보러 가기로 했다.

"세 시에 병실에서 만나자. 잘 찾아올 수 있겠어?"

유난히 길눈이 어두운 나에게 미영은 그렇게 물었다.

"그럼. 혹시 못 찾으면 전화하지 뭐."

병원에 도착한 것은 세시 십분 전이었다. '정은이 병실이……
1405호, 아니 1505호였나……?' 엘리베이터 앞에서 나는 잠깐
망설였다. 그날 오전에 미영이 전화로 가르쳐준 병실의 호수가
정확하게 기억나지 않았다. 전화를 해볼까 하고 생각하던 참에
엘리베이터의 문이 열렸다. 만약 그때 도착한 엘리베이터가 홀
수 층이 아니라 짝수 층에 서는 것이었다면. 15층에 내려 비슷
비슷하게 생긴 복도를 헤매면서 정은을 찾기 전에 미영에게 전
화를 걸어 확인을 했다면. 1505호 병실의 문을 열고 들어서지
않았다면. 고요한 병실, 산소호흡기에 의지하여 숨을 쉬고 있던
그와 맞닥뜨리지 않았겠지만.

"무슨 일이시죠?"

조용한 그러나 긴장이 어려 있는 목소리가 들렸다. 뒤를 돌아
보자, 간호사 한 사람이 서서 차가운 눈빛으로 나를 바라보고 있
었다.

"아…… 저…… 죄송해요…… 길을 잃어버려서……."

"여긴 일반인의 출입이 금지된 폐쇄병동입니다. 누구를 찾고
계시죠?"

"아…… 제 친구를…… 맹장염 수술을 했는데……."

"외과병동은 14층에 있습니다."

표정의 변화 하나 없이, 간호사는 그렇게 말하고 빨리 나가라

는 몸짓으로 입구를 가리켰다. 나는 다시 한번 침대에 누워 있는, 깊은 잠에 빠져 있는 것 같기도 하고 마치 죽은 것 같기도 한 사람에게 시선을 던지고 병실 밖으로 나왔다. 병실 앞에 붙여 있는 팻말에는 이렇게 씌어 있었다.

김무이 29세 남.

그날 오후, 집으로 돌아가던 나는, 병원 앞에 있는 횡단보도에서 사고를 당했다. 횡단보도의 신호등은 파란불에서 막 빨간불로 바뀌고 있었고, 나는 겨우 중간쯤을 건너가고 있었고, 멀리서 트럭 하나가 미친 듯이 달려왔고, 나는 그 트럭에 치여버렸다. 나중에 트럭 운전사는, 늦은 점심을 먹은 직후여서 잠깐 졸았다고 진술했다. 그 모든 일들이 마치 도미노처럼 맞물려, 내 인생을 완전히 바꾸어버렸다.

뭐, 사실 그때까지의 내 인생은 그다지 특별할 것이 없었다. 열렬하게 원하는 것도 없고 되고 싶은 것도 없는 스물세 살의 대학생. 친구들과 함께 쇼핑을 다니고, 남자친구와 함께 영화를 보고, 비교적 성실하게 학점 관리를 하고…… 겨우 이 정도로 요약되어버리는, 간단하고 심심한 삶이었다. 하지만 그날, 요란한 소리를 내며 앰뷸런스가 달려와 나의 몸을 싣고 떠났을 때, 뭔가가 달라졌다.

몸은 떠났는데, 나는 아직 그곳에 서 있었다. 나의 두 손과 두 다리를 살펴보았지만, 상처 하나 없었고 마음대로 움직일 수도 있었다. 그러니까 아마도 이 모든 건 내 상상 속에서 일어난 일인가봐, 요즘 좀 피곤했던 걸까? 나는 그렇게 생각했다.

"괜찮아?"

막 걸음을 옮기려는데, 누군가 나를 가로막고 그렇게 물었다.

"괜찮아?"

그가 다시 물었고, 나는 대답할 말이 없어서 한동안 가만히 서 있었다.

"우리, 아까도 만났지?"

그가 미소를 지으며 말했다.

"아까……?"

"그래. 너, 내 병실에 왔었잖아."

"병실……?"

"그래. 친구 병문안 왔다가 길을 잃었지?"

그렇다면 병원에서 잠깐 마주친 사람이었을까? 엘리베이터 안에서? 길을 잃어버렸던 15층에서? 나는 고개를 갸웃거리며 그를 기억해내려고 애를 썼다. 아닌 게 아니라, 그의 얼굴은 어쩐지 낯이 익었다.

"그 병실에 누워 있던 게, 내 몸이야."

그는 안쓰러운 표정으로 나를 바라보다가 조용히 덧붙였다.

"병원에는 좀 나중에 가는 게 좋아. 지금 부모님 보면…… 많이 괴로울 거야."

그가 걸음을 옮겼고, 나는 그의 뒤를 묵묵히 따라갔다. 그가 하는 말은 반도 알아들을 수 없었지만, 어쩐지 그를 따라가지 않으면 안 될 것 같았다.

그가 나를 데려간 곳은 어느 건물의 옥상이었다. 그는 옥상의 난간 밖으로 한껏 몸을 내밀고 아래를 내려다보며 말했다.

"내 이름은 무이야."

내가 대답이 없자, 그는 내 쪽으로 몸을 돌리고 물었다.

"너는? 이름 없어?"

"……소이. 박소이예요."

소이, 소이, 소이. 그는 몇 번인가 내 이름을 혼자 불러보더니, 갑자기 머리가 아픈 듯 얼굴을 찌푸렸다.

"……왜요?"

"아니, 아무것도 아니야. 그보다 너한테 무슨 일이 일어났는지, 아직 잘 모르겠지?"

"무슨 일……이 일어났어요? 나한테?"

그는 한숨을 한 번 쉬고, 나지막이 말했다.

"넌, 지금, 영혼이야. 너의 몸은, 지금, 아마도, 나랑 같은 병원의 응급실에 있을 거야. 사고가 난 곳이 우리 병원 바로 앞이었으니까. 그리고 지금 여기 있는 넌, 몸에서 빠져 나온 영혼이야."

이상한 사람이야 하고 나는 생각했다. 나쁜 사람 같진 않지만, 더 이상 같이 있다가는 나도 이상해지겠어. 그러니 이제 그만 가야겠다고 생각했다.

"저, 그럼 먼저 갈게요."

"어디 가려고?"

"집에 가야 해요."

"소용없다니까. 하긴, 쉽게 이해할 수 있는 일은 아니지만, 차근차근 가르쳐줄 테니까 너무 서두르지 마."

"가르쳐요? 뭘요?"

"이것저것. 이를테면 영혼으로 살아가는 법이라고나 할까. 뭐 아직은 실감이 안 나는 게 당연하지. 그럼 이제 가볼까?"

"어딜요?"

"네 몸이 있는 곳."

오랫동안 잠을 자지 못한 사람처럼, 내 눈에 비친 세상이 온통 흐릿해졌다.

중환자 대기실 앞은 면회시간을 기다리고 있는 사람들로 북적

거렸다. 가끔 울음 섞인 탄식의 한숨이 흘러나오기도 하고, 피곤한 얼굴로 깊은 잠에 빠지는 사람들의 코 고는 소리도 들렸다. 그는 익숙한 걸음으로 그 사이를 빠져나가, 중환자실 앞에 붙어 있는 환자명단을 확인하고 안으로 들어갔다. 나는 그를 놓치지 않기 위해 종종걸음으로 따라갔다. 중환자실 앞에 서 있던 경비는 우리에게 아무 말도 하지 않았다. 아니, 마치 우리를 보지도 못한 것처럼 그대로 서 있었다.

"5번 방이야."

그는 칸막이로 나누어진 방 가운데 하나를 가리켰다. 안쪽 침대에 온몸을 붕대로 감은 환자가 한 사람 누워 있었고, 부부로 보이는 남자와 여자가 침통한 표정으로 그 환자를 내려다보고 있었다. 나는 단번에 그들을 알아보았다.

"엄마!"

하지만 엄마에게는 내 목소리가 들리지 않는 것 같았다.

"엄마! 엄마!"

엄마의 팔을 잡고 흔들어도 엄마는 반응이 없었다. 나는 다시 옆에 서 있던 아빠를 불렀다.

"아빠! 아빠! 나야! 나 여기 있어!"

"……좀더 상황을 지켜봅시다."

아빠의 대답 대신, 그들과 함께 서 있던 의사가 말했다. 엄마는 그대로 바닥에 쓰러져 울음을 터뜨렸다.

　그날 밤, 그와 나는 병원의 잔디밭에 앉아 있었다. 잔디밭 여기저기에서 작은 불빛들이 눈을 깜박이듯 반짝였다.

　"우리 눈에만 보이는 거야."

　그가 말했다.

　"우리……?"

　"그래, 영혼에게만. 혹은 유령이라고도 하지."

　그렇다. 나는 유령이 되어버린 것이다. 살아 있는 것도 아니고 죽은 것도 아닌, 몸은 없고 영혼만 있는, 다른 사람들에게는 보이지 않는 존재.

　"창 아저씨. 여기 계셨어요?"

　잔디밭에 누워 있던 누군가를 향해, 그가 인사를 건넸다. 창 아저씨라고 불린 사람이 몸을 일으키더니, 나를 가만히 바라보았다.

　"교통사고?"

　창 아저씨의 말에 그는 고개를 끄덕였다.

　"마음 편히 가져. 이쪽도 그럭저럭 괜찮으니까. 적응하려면 시간은 걸리겠지만, 시간 하나는 많거든."

　창 아저씨는 그렇게 말하며, 희미하게 웃어 보였다.

"그러다가 잘되면 몸으로 돌아갈 수도 있어. 언제가 될지는 모르지만……."

그와 나는 창 아저씨 옆자리에 나란히 앉았다. 초여름 밤의 알싸한 바람이 잔디밭을 가로질렀다.

"창 아저씨는 벌써 십 년째야."

그가 나를 향해 말했다.

"돈은 남아돌고, 날 안락사시키려고 안달하는 가족도 없거든. 뭐, 세상에 미련도 없지만, 이 생활도 꽤 마음에 든단 말이야. 그렇지, 무이야?"

"안 그러면 어쩌겠어요."

그가 미소를 지으며 대답했다.

"그래, 학생인 거 같은데, 남자친구는 있어?"

남자친구…… 그러고 보니 그를 까맣게 잊고 있었다. 나는 창 아저씨를 향해 고개를 끄덕였다.

"아직 병원에 안 왔나보군."

"아직…… 연락을 못 받았을 거예요."

그럴 거야. 엄마, 아빠가 경황이 없어서, 아무에게도 연락을 못했을 테니까. 하지만 정은은 알고 있지 않을까? 이 병원에 있는 데다, 정은의 병문안을 왔다 돌아가는 길이었으니까. 그럼 정은이 당장 연락을 했을 텐데. 나의 복잡한 머릿속을 들여다보듯,

창 아저씨가 조용히 말했다.

"여러 가지 각오가 필요해. 지금까지 믿고 있던 것들이 모조리 부서질 수 있으니까. 하지만 그 자리를 대신해줄, 새로운 믿음이 생길 수도 있어."

한동안 침묵이 흘렀다.

"이제…… 전 뭘 하면 돼요?"

내 질문에, 창 아저씨는 잠깐 생각하다가 대답했다.

"뭐든, 하고 싶은 걸 하면 돼. 첫날이니까 무이가 좀 같이 있어줘라. 난 슬슬 한잔하러 가야겠다."

창 아저씨는 어둠 속으로 휘적휘적 걸어가더니 곧 사라졌다.

"특별히 하고 싶은 게 있어?"

그가 물었다.

"……엄마한테 갈래요."

대답 대신, 그는 가만히 내 어깨를 끌어안았다. 울고 싶으면 울어, 들릴 듯 말 듯, 그가 말했다. 내내 그 말을 기다린 것처럼, 갑자기 울음이 터져나왔다. 너무너무 화가 났다. 아늑한 내 방에서 좋아하는 음악을 들으며 책을 읽고 있는 대신, 이런 잔디밭에 앉아 있어야 한다는 것이, 평화로운 저녁시간을 보내고 있어야 할 엄마와 아빠가 낯선 중환자실 앞에서 밤을 새우고 있다는 것이, 몸은 죽은 것과 다름이 없는데 영혼은 이렇게 남아 이 모든 고통을 받아들여야 한다는 것이, 나의 목소리가 사랑하는 가족들의 귀에 들리지 않는다는 것이, 바람이 분다는 것이, 어디선가 새들이 노래를 부르고 있다는 것이, 낮이 가고 밤이 왔다는 것이, 세상은 변한 것 하나 없이, 아무 일도 없었던 것처럼, 그저 흘러가고 있다는 것이……

유령이 되고 나서 새롭게 알게 된 사실이지만, 영혼도 힘을 쓸 수 있다. 다만 우리의 힘이 닿는 것들은 곧 원래대로 되어버리기 때문에 다른 사람들이 느끼지 못할 뿐이다. 삶과 죽음의 중간 세계에 살고 있는 우리들은, 그러나 죽은 사람보다는 살아 있는 사람들에 가깝다. 살아 있는 사람들의 세계를 공유하고 있기 때문이다.

우리는 무엇인가를 먹을 수도 있고, 만들 수도 있고, 부술 수도 있다. 하지만 우리 유령들과 접촉한 모든 사물은 유령의 특질을 가지게 되기 때문에, 사물의 본질만 빠져나온 후 곧 복원이된다. 우리가 먹은 음식은 곧 원래대로 돌아가고, 우리가 쓴 글자는 바로 지워지고, 우리가 움직인 물건들도 곧 제자리로 돌아간다. 평범한 사람들의 눈으로는 인식할 수 없을 정도의 속도로 복원되기 때문에, 아무도 눈치를 채지 못하는 것이다.

내가 있는 병원에는 나 같은 처지의 유령들이 많이 있다. 대부분 자신의 몸이 있는 곳 주위에서 지내고 싶어하기 때문에, 늘 병원을 중심으로 생활한다. 창 아저씨는 매일 밤, 병원 근처에 있는 작은 술집에 가서 음악을 듣는 것을 가장 큰 즐거움으로 생각한다. 그림을 그리는 사람도 있고 노래를 만드는 사람도 있다. 그들이 만들어내는 것들은 바로 사라지지만, 만드는 과정 자체를 즐기는 것이다. 어쩌면 그것이야말로 가장 순수한 즐거움의 원천일지도 모른다고, 창 아저씨는 말했다.

어떻게 생각하면 마음 편한 삶이다. 이런 것을 '삶'이라고 부를 수 있을지는 모르지만. 일을 하지 않아도 느긋하게 살아갈 수 있고, 하기 싫은 일을 억지로 하지 않아도 된다. 의외로, 이런 식의 생활도, 괜찮을지 몰라. 유령이 된 지 하루가 채 지나기 전에, 나는 그런 생각을 하기 시작한다. 다만 한 가지 마음에 걸리는 건, 가족들이다. 사랑하는 사람이 뇌사상태에 빠져 있는 것을 봐야 하는 사람들, 그 사람들을 또 봐야 하는 우리들, 어느 쪽이 더 힘든 것일까?

"그래. 하지만 그것보다 더 힘든 게 있어……."

무이 오빠가 말했다.

"……내일이 오늘과 똑같다는 거야. 아무것도 달라지지 않는 거."

어차피 오늘은 어제와 비슷하고, 내일은 오늘과 비슷하다고 생각하면서 나는 살아온걸. 그러니까 괜찮을 거야. 나는 내가 처해 있는 상황과 타협을 시작했다.

정은이 울고 있었다. 정은의 병실에서, 미영도 같이 울먹이고 있었다.

"내일 보자 하고 나서 헤어지고 오 분도 안 됐어. 횡단보도에서 사고가 났는데, 혹시 싶어서 가봤더니……."

미영의 말에, 정은은 더욱 크게 울음을 터뜨렸다.

"나 때문이야…… 병원에 오지만 않았어도……."

미영이 다시 정은의 말을 가로막았다.

"내 탓이야. 소이는 어제 오자고 했는데 내가 시간이 안 된다고 해서……."

"누구 잘못도 아니야. 자책하지 말자. 이런다고 달라질 것도 없잖아."

조금 냉정한 목소리로, 진아가 말했다.

"각오는 해둬야 해."

병실 문 앞에 기대어 서 있던 무이 오빠가 말했다.

"각오……?"

"네가 없는 자리에서 친구들이 너에 대해 이야기하는 거, 한 번도 들어본 적 없지? 그거, 가끔 잔인한 거거든."

무이 오빠의 말이 끝나기도 전에, 진아가 다시 입을 열었다.

"소이 걔, 원래 앞도 잘 안 보고 다녀서 늘 불안했잖아. 넘어지기도 잘하고."

"그럼 소이가 이렇게 된 게, 소이 잘못이란 말이야?"

미영의 목소리가 높아졌다.

"왜 화를 내? 우리 때문이 아니란 거지."

"진아 말이 맞아, 미영아."

세 사람 사이에 잠시 침묵이 흘렀다. 그대로 돌아나올까, 잠시 망설이는데 진아가 작은 소리로 속삭였다.

"그런데 소이 남자친구, 아직 안 왔지?"

"진우? 내가 아까 연락은 했어. 휴대폰을 안 받아서 메시지만 남겼는데."

그래, 미영이라면 바로 연락을 했을 거야. 그런데?

"못 받은 걸까?"

미영은 고개를 갸웃거렸다.

"그럴까? ……걔네, 요즘 별로 안 좋은 거 같던데."

조심스럽게 진아가 말했다.

"안 좋아?"

정은이 미영의 눈치를 보면서 끼어들었다.

"뭐, 처음부터 열렬한 사이는 아니었잖아? 진우 걔, 워낙 인기도 많았고. 소이가 먼저 좋다고 따라다니지 않았어? 얘기 들어보니까 진우는 전에 만나던 여자애랑 완전히 끝낸 것도 아니더라고. 미영아, 너 걔네 둘이 같이 있는 거, 몇 번인가 봤다고 그러지 않았니?"

진아는 동의를 구하듯 미영을 바라보았다.

"소이한테는 말 안 했어…… 기회 봐서 얘기하려고 했는데……"

둔탁한 망치로 머리를 한 대 탕 하고 맞은 듯 어지러워졌다.

"……얘기했잖아. 각오해둬야 한다고."

무이 오빠와 나는 다시 잔디밭에 앉아 있었다.

"……틀려요."

이상하게도, 내 목소리는 자꾸 갈라졌다.

"뭐가?"

"제가 따라다닌 거 아니에요."

가까스로, 나는 그렇게 말했다.

"남자친구 말이구나."

"진우가 먼저 사귀자고 했어요. 미영인 알아요. 정은이랑 진아도 알 거예요. 근데 내 말을 안 믿은 거예요. 진우가 다른 여자애랑 친하게 지내는 거, 저도 알고 있었어요. 그런 사이 아니에요. 그냥 친구라고 했어요. 그리고……."

"너…… 그 진우라는 애가 첫사랑이니?"

무이 오빠가 조심스럽게 물었다. 나는 고개를 끄덕였다.

"친구들 이야기, 너무 마음 쓰지 마. 일일이 신경 쓰면 힘들어. 여하튼 우린 지금 영혼이고, 영혼으로서 사람들의 삶과 접촉한다는 건 여러 가지로 복잡하거든."

"이런 생활…… 오래 했어요?"

내 말에 무이 오빠는 잠깐 생각에 잠겼다.

"일 년…… 내일로 꼭 일 년이야."

"어쩌다가……요?"

"내 얘긴…… 천천히 해줄게."

나는 고개를 끄덕이고, 잔디밭에 누워 하늘을 올려다보았다. 별빛 하나 없는 캄캄한 하늘이었는데, 어느새 검은 하늘의 틈새로 햇살이 조금씩 스며들고 있었다. 아무 일도 없었던 것처럼, 새로운 하루가 또 시작되고 있었다.

story no.2
좋아한다고 생각했는데

어느 날 나는 유령이 되었다.

놀라고 당황하고 그 사실을 어떻게 받아들여야 할지 몰라서
화가 났지만, 나의 그런 감정에는 아랑곳없이 시간은 조금씩 흘
러갔다. 나의 몸이 중환자실에 누워 있는 사이, 나의 영혼은 푸
른 하늘을 바라보며 생각을 거듭하고 있었다. 그날 함께 문병을
간 친구들과 같이 나도 전철을 타러 갔다면, 트럭 운전사가 졸지
않았다면, 그 횡단보도를 건너지 않았다면, 하루 전이나 다음 날
병원에 갔다면, 정은이가 맹장염에 걸리지 않았다면, 정은이와
내가 친구가 아니었다면…….

그러나 나는 전철을 타지 않았고, 정은이는 내 친구이고, 내가
인정할 수 없다고 해도, 현실은 현실이며 일어날 일은 일어난다.
그리고 삶과 죽음의 사이에서 나는 무이 오빠를 만났다. 내가 유

령이 되어 무이 오빠를 만난 것이 아니라 무이 오빠를 만나기 위해 유령이 된 걸지도 모른다는 생각을 한 적이 있지만, 그건 아주 많은 시간이 흐른 후였다.

내가 없는 자리에서 다른 사람들이 나에 대해 이야기하는 걸 나는 한 번도 들어본 적이 없었다. 나의 영혼은 늘 나의 몸과 함께 움직였으니, 당연한 일이다. 그러나 유령이 되고 나자 그런 일들이 가능하게 되었다. 그건 때로 잔인한 상처가 될 수도 있다고, 지금까지 믿고 있는 것들이 모조리 부서질 수도 있다고, 각오를 해두라고, 무이 오빠는 내게 말했다. 그리고 나는 지금, 유선의 집 앞에 있다. 유선은 내 남자친구 진우의 옛날 여자친구이다. 적어도 내 친구들은 그렇게 알고 있다. 물론 유선과 자신은 그런 사이가 아니라, 그저 오래된 친구일 뿐이라고 진우는 내게 얘기했다. 어느 쪽이 진실인지, 이제 곧 알게 될 것이다.

유선은 오후 두 시에 집으로 돌아왔다. 찰칵, 경쾌한 소리를 내며 문이 열리고 그녀의 어깨 너머로 집 안의 모습이 보였다. 벽에 걸린 커다란 그림은 아마 모네의 〈레몬트리〉일 것이다. 언젠가 유선은 지베르니에 있는 모네의 집에 간 적이 있다고, 진우가 내게 말해준 적이 있다. 창가에는 작은 책상이 하나, 그 옆에는 작은 오디오가 놓여 있는 테이블이 있고, 테이블 옆에는 나지막한 침대가 있었다. 그리고 침대 안에는, 진우가 있었다.

"학교도 안 가고 여태 잔 거야?"

유선의 말에, 진우는 머리를 흔들며 얼굴을 찌푸렸다.

"그만큼 퍼마셨으니 머리도 아프겠지."

이상하게도, 나는 놀라거나 당황하지 않았다. 막연하게 그럴 지도 모르겠다고 생각해온 일이 현실이 되었기 때문인지, 그저 꿈을 꾸고 있는 기분이었다.

"여기까지 어떻게 왔는지, 기억도 안 나."

몸을 일으키며 진우가 말했다.

"기가 막혀. 새벽 두 시에 있는 대로 문 두드린 게 누군데."

유선은 책상 앞에 앉아 컴퓨터의 전원을 켜고 창문을 열었다.

"용케 안 쫓아냈네."

진우는 주섬주섬 침대 밖으로 나와 냉장고를 향해 걸어갔다.

"무작정 밀고 들어와서 뻗어버리는데, 내가 무슨 재주로."

유선이 메일을 확인하는 동안, 진우는 차가운 물을 마셨다.

"저기. 혹시, 내가…… 어제……."

말을 맺지 못하고 망설이는 진우에게, 유선이 대답했다.

"소이 얘기라면, 했어."

"어디까지?"

"정은이 문병 갔다가 병원 앞에서 교통사고 당한 거. 그래서 뇌사상태에 빠진 거. 그런데 넌 미영이가 보낸 문자 씹어버리고 술 마신 거."

유선의 말에, 진우는 한숨을 쉬었다.

"……뭐라 할 말이 없네. 속 쓰리다. 해장할 거 없냐?"

유선은 슬쩍 진우를 흘겨보며, 그러나 밉지는 않다는 듯, 피식 웃었다.

"나가서 사먹어."

나는 더 이상 그곳에 있고 싶지 않았다.

소이야, 학교 가야지, 얼른 일어나. 엄마는 침대에서 자고 있는 나를 내려다보고 있었다. 오 분만. 오 분만 더 잘게. 나는 이불을 뒤집어쓰며 조금만, 조금만 하고 엄마에게 애원했다. 매일 아침 이렇게 씨름했는데, 수백 번을 되풀이한 일상이었는데. 그런 생각을 하다가 갑자기 잠에서 깨어났다. 눈을 떴을 때, 나는 내가 병원의 잔디밭에서 깜박 잠이 들었다는 사실을 깨달았다. 그런 나를 이상하다는 듯 바라보는 사람은 아무도 없었다. 나는 유령이 되었구나. 유령이 되어도 잠을 자고 꿈을 꾸는구나. 언제쯤이면 이런 생활에 익숙해질까? 익숙해질 수는 있는 걸까? 나는 이제 체념의 단계로 들어선 것 같았다.

멀리서 무이 오빠가 나를 향해 걸어오고 있었다. 내가 오빠를 향해 손을 흔들자, 오빠는 미소를 지어 보였다.

"어디 갔다 오셨어요?"

"유령 하나가 말썽을 부려서."

고개를 갸웃거리는 나에게, 그가 설명을 덧붙였다.

"전직 모델 출신인 유령이 하나 있어. 우린 미스터 모델이라고 부르는데, 이 사람이 틈만 나면 사진 찍히려고 엑스레이실 앞에서 죽치고 있거든."

"엑스레이실에요?"

"병원에서 사진 찍는 사람, 잘 없잖아. 그러니 툭 하면 거기 가서, 누가 엑스레이 찍을 때마다 저도 찍히려고 난리야. 자긴 죽었다 깨어나도 모델이라나."

쿡 하고 웃음이 나오는 동시에, 이런 상태로 있는 주제에 웃음이라니 하는 생각이 들었다.

"그런데 엑스레이 사진에 그런 게 찍혀 있으면 곤란하지 않겠어?"

"하지만 유령인데, 사진에 찍혀요?"

"어쩌다 가끔 찍히기도 해. 심령사진, 본 적 없어?"

"있긴 하지만, 진짜로 그게 유령이라는 생각은…… 그래서요?"

"몇 번 말썽이 있었거든. 다행히 큰 문제는 없었지만. 그런데 오늘 또 그 짓을 하려고 해서, 창 아저씨한테 한참 혼났지."

유령이 되어도 말썽을 부리고, 혼나고, 그럴 수 있는 거구나 싶어 어쩐지 마음이 놓였다.

"아참, 그런데 네 몸, 좀 전에 병실로 옮기던데. 가볼래?"

나는 고개를 끄덕이고 몸을 일으켰다. 무이 오빠는 묵묵히 나의 뒤를 따라왔다. 투명한 햇살이 투명한 그와 나를 비추고 있었다. 문득, 아주 추웠던 지난겨울, 버스 정류장 앞을 투명하게 비추던 반듯한 햇살이 기억났다.

유난히 긴 겨울이었다. '이제 봄이 와도 좋을 텐데'라는 생각을 하면서 나는 버스노선표를 보고 있었다. 동아리에서 두번째로 가는 엠티였다. 친구들은 먼저 전철로 출발했고, 나는 버스를 타고 가 합류할 생각이었다. 그때 소이야 하고 누가 내 이름을 불렀다. 진우였다.

"너도 버스 타고 가려고?"

진우의 말에, 나는 고개를 끄덕였다.

"같이 가면 되겠다. 그런데 왜 아이들이랑 같이 안 갔어?"

"전철은 잘 안 타거든, 원래."

내 대답에, 진우는 반색을 하며 성큼 다가왔다.

"나도 그래. 답답해서 속이 울렁거리거든. 그런데 버스에서 내린 다음에 어떻게 가는지 알아?"

"대충 듣긴 했는데…… 전화해보지 뭐."

"잘됐다. 같이 찾으면 되겠네."

동아리 친구이긴 했지만, 진우와 둘이 이야기를 해보는 건 처음이어서, 나는 조금 긴장했다. 그리고 그날 밤, 차가운 공기를 마시려고 숙소에서 잠깐 빠져나온 나를 진우가 따라왔을 때는 심장이 조금 두근거렸다.

"추운데 뭐해?"

나는 그의 시선을 피해, 공연히 하늘을 바라보았다.

"유에프오라도 있어?"

그가 나의 시선을 따라 하늘을 올려다보았다. 밤하늘에는 유에프오 대신 수많은 별들이 떠 있었다. 와아, 우리는 동시에 탄성을 터뜨렸다.

"멋지다. 별자리 같은 건 잘 모르지만."

"나도 그래. 이름 같은 거 잘 몰라."

우리는 마주 보았고, 그가 나를 향해 미소를 지었고, 나는 얼굴이 조금 빨개졌다. 밤이어서 다행이야, 그렇게 생각하고 있는데, 진우가 불쑥 그랬다.

"너, 나랑 사귈래?"

그때의 내 표정은 무척 이상했을 것 같다. 내가 대답할 말을 찾지 못하고 당황하자, 진우는 쿡 하고 웃으며 가볍게 내 팔을 잡아당겼다.

"농담이야. 들어가자. 춥다."

그날 밤부터 다음 날 아침까지, 나는 그와 눈을 마주칠 수가 없었다. 하지만 진우는 아무 일도 없었다는 듯이 태연하게, 아이들과 농담을 주고받으며 즐겁게 이야기를 나누고 있었다. 원래 그런 성격인가봐, 아무 일도 아닌 거야, 나는 스스로에게 그렇게 타일렀다. 하지만 다음 날 집으로 돌아가는 길에, 진우와 나는 또 같은 버스를 타게 되었다. 어쩌면 내심 그렇게 되기를 기대하고 있었던 건지도 모른다. 그리고 그날, 버스는 좀처럼 오지 않았다.

"어, 춥다. 춥지?"

내가 고개를 끄덕이자, 진우는 갑자기 나를 자신의 품으로 끌어당겼다. 그 동작이 너무 아무렇지도 않아서, 몸을 빼면 더 이상해질 것 같아서, 나는 꼼짝도 못 하고 그렇게 안겨 있었다.

"몸에 힘 좀 빼라. 나무토막 안은 것 같네."

아무렇지도 않은 목소리로, 진우가 말했다. 나는 대답도 못하고, 몸에 힘을 빼지도 못하고, 숨을 쉴 수도 없었다.

"그런데 너 배고프지 않냐? 밥도 안 먹고 해산이라니. 뭐 좀 먹고 갈까?"

그렇게 안겨 있는 것보다는 그게 나을 것 같아서, 나는 고개를 끄덕였다. 주위를 두리번거리던 진우는 식당 하나를 가리켰다. '해장국'이라는 간판이 보였다.

"저기 가서, 해장국이나 한 그릇씩 먹고 가자."

김이 펄펄 나는, 선지가 가득 든 해장국 두 그릇이 우리 앞에 놓였다. 내가 숟가락을 들고 어떻게 하나, 망설이는 사이, 진우는 이틀쯤 굶은 사람처럼 허겁지겁 그릇을 비웠다.

"아, 이제 좀 살 것 같다."

숟가락을 내려놓고, 그제야 나를 바라보며 진우가 말했다.

"뭐야, 왜 안 먹어? 맛이 없어?"

"아니, 그게 아니라…… 너, 더 먹을래?"

선지는 못 먹어, 그 말을 하는 것이 왜 그렇게 어려웠을까? 나는 국물만 몇 번 떠먹은 그릇을 진우에게 내밀었다.

"남길 거야? 그런데, 너, 내일 뭐 하냐?"

문득 생각났다는 듯이 그가 물었다.

"내일? 별로, 계획은 없는데."

"그럼 영화 보러 갈까? 강의 몇 시에 끝나?"

"영화? 무슨 영화?"

"아무 영화나."

왜 나한테 영화를 보러 가자고 하는 걸까? 대답을 망설이는 사이, 그가 다시 말했다.

"데이트하자고. 우리, 사귀기로 한 거 아냐?"

"그거…… 농담…… 아니었어?"

"누가 그런 소릴 농담으로 하냐? 네가 반응이 없으니까, 무안해서 그랬지."

나는 몹시 혼란스러웠고, 무슨 말을 해야 좋을지 알 수도 없었다.

"열두 시까지 신촌 전철역으로 와라. 추우니까 밖에 나와 있지 말고. 도착하면 전화해."

나의 대답은 묻지도 않은 채, 진우는 묵묵히 해장국을 먹었다.

병실 앞에, 진우가 서 있었다. 선뜻 문을 열고 들어가지 못하고, 망설이고 있었다. 그때 병실의 문이 열리고 미영이 나왔다. 미영은 잠시 진우를 노려보다가 그를 데리고 복도 한쪽 끝으로 갔다.

"도대체 어떻게 된 애야? 문자 받았지?"

미영의 말에, 진우는 고개를 끄덕였다.

"그런데 이제 나타나?"

진우는 말없이 창밖으로 시선을 던졌다. 무이 오빠가 가만히 내 팔을 잡았다.

"내가 할 말은 아닌지 모르겠지만 진우, 너……"

"그럼 하지 마."

미영이 울컥 하며 진우를 돌려세웠다.

"너, 요즘도 유선이 만난다며? 소이 몰래 만나는 거지?"

"소이도 알아."

진우의 목소리는 태연했다.

"소이가 안다고? 얘기했단 말이야?"

"얘기 안 할 이유가 없으니까."

"……어떻게 할 생각인데?"

진우의 말을 이해하지 못한 채로 미영이 다시 물었다.

"어떻게 하나……."

진우는 다시 창밖으로 시선을 주며, 혼잣말처럼 얘기했다.

"소이는…… 가망이 없는 건가?"

미영은 기가 막힌다는 얼굴로 진우를 보다가 한숨을 쉬었다.

"미영아."

"왜?"

"나 전부터 궁금한 게 하나 있었는데."

미영은 숨을 들이마셨다. 나도 그랬다.

"소이는 정말, 나를 좋아한 걸까?"

머리가 멍해졌다. 미영도 그런 것 같았다.

"당연한 거 아냐?"

미영은 그렇게 말하고 진우의 표정을 살폈다.

"글쎄. 나도 그런 거라고 생각했는데, 잘 모르겠어."

"그거, 변명이니, 합리화니? 소이가 저렇게 되고 나니까 갑자기 그런 생각이 들어?"

미영은 화를 내고 있었다.

"소이랑 난 여러 가지로 잘 맞는다고 생각했는데……."

흠칫 하고 나는 뒷걸음질을 쳤다. 진우가 나를 향해 똑바로 몸을 돌렸기 때문이다. 마치 내가 보인다는 듯이.

"……우린 둘 다 전철을 싫어했어요."

미영과 진우가 떠난 자리, 창밖으로는 노을이 지고 있었다. 나는 진우가 서 있던 자리에 서서 무이 오빠에게 그렇게 말했다.

"그래?"

"하지만 공통점은 그것뿐이었어요. 지내다 보니까 뭐 하나 똑같은 게 없었어요. 난 생선을 좋아하는데 진우는 고기를 좋아하고, 난 맵고 짠 걸 못 먹는데 진우는 그런 거 없으면 밥을 못 먹어요. 난 소주가 싫은데 진우는 소주 말고 다른 건 술도 아니라고 하고. 난 로맨틱 코미디가 좋은데 진우는 액션영화만 봐요. 난 그냥 걸어다니다가도 넘어지는 앤데 진우는 인라인 스케이트가 취미고……."

무이 오빠가 쿡쿡 하고 웃었다. 나는 얼굴이 빨개져서 입을 다물었다.

"그래서 넌 어떻게 했는데? 그 친구가 하자는 대로 한 거야?"

나는 잠자코 고개를 끄덕였다.

"먹지도 못하는 선지를 억지로 먹고, 보고 싶지 않은 액션영화를 보고?"

"정신을 차리고 보니까 제가 그러고 있더라구요."

"나중에라도 말하지 그랬어. 내가 좋아하는 건 이런 거라고."

"점점 말하기가 힘들어졌어요. 게다가……."

"게다가?"

노을은 벌써 사라지고 있었다. 짧은 침묵이 지나간 후, 무이 오빠가 천천히 말했다.

"진우에게는 마음 맞는 여자친구가 있고? 너랑 뭔가 안 맞는다는 걸 인정하는 게 싫었던 거지?"

"두 사람, 정말 친하거든요."

"너…… 진우랑 사귀면서 즐거웠어?"

즐거웠나, 나는.

"잘…… 모르겠어요. 남자친구는 처음이라…… 연애라는 걸 어떻게 해야 하는지도 모르겠고…… 그냥 다른 친구들이 연애하는 걸 보고 흉내만 낸 걸지도 몰라요. 애인이란 이런 거다, 여자친구란 이래야 한다……."

아까보다 조금 더 긴 침묵이 이어졌다.

"……유선이란 애에 대해선, 뭐라고 그래, 진우가?"

"……친구라고. 하지만 봤어요, 제가. 둘이…… 키스하는 거."

다시 유선의 집 앞에 진우가 서 있었다. 비틀거리는 몸을 가누며 문을 두드리고 있었다. 문이 열리고, 유선이 나왔다. 그녀를 밀치고 집으로 들어간 진우는 침대 위에 그대로 누워버렸다.

"병원에 갔었어? 소이는 어때?"

"몰라……."

유선은 진우를 그대로 내버려두고, 책상 앞에 앉아 모니터를 들여다보았다.

"유선아…… 나, 소이 못 보고 왔다."

유선이 돌아보자, 진우는 괴로운 듯 얼굴을 찌푸렸다.

"술은 또 왜 마셨니? 여긴 또 왜 왔어? 얌전히 집에 들어가지."

"혼자 있기 싫어…… 소이도 혼자…… 무섭고 외롭겠지?"

베개에 얼굴을 파묻은 채, 진우가 천천히 말했다.

"그럼 네가 옆에 있어주지 그랬어."

"나한테 그럴 자격이 있을까?"

유선은 한숨을 쉬고, 진우 쪽으로 몸을 돌렸다.

"너, 소이가 처음이지? 애들은 너랑 나랑 연애했다고 생각하지만. 걔네 멋대로 생각하는 거고."

"소이도 내가 처음이래. 우린 둘 다 처음이었던 거야. 그래서 어떻게 해야 좋을지 몰랐던 거야. 나, 사실 소이가 나한테 많이 맞춰준 거 알고 있었어. 그런데 있지, 소이도 안 믿어줘. 너랑 나랑 그냥 친구 사이라는 거, 안 믿고 있다는 거, 알고 있었어. 어쩐지 이야기를 할수록 변명 같아져서…… 제대로 설명도 못 했어. 이제 그런 말, 할 기회도 없는 걸까?"

그렇게 말하고, 진우는 이불을 뒤집어썼다.

"야! 술 깼으면 너네 집 가서 자!"

유선이 그를 향해 소리를 질렀다. 갑자기, 진우가 벌떡 일어났다.

새벽이었다. 무이 오빠의 병실과 가까운 병실에 내 몸이 누워 있었고, 그 옆에는 엄마가 불편한 자세로 누워 잠을 자고 있었다. 조심스럽게 문이 열리고 진우가 들어왔다. 그리고 조용히 내 침대 옆에 앉았다.

"……설명할게."

그가 입을 열었다.

"그날, 너랑 나랑 유선이랑 미영이랑 만났던 날, 나한테 전화가 와서 잠깐 자리를 비웠잖아, 내가. 집에서 온 전화였는데, 소리가 잘 안 들려서 밖으로 나갔는데, 배터리가 나가버렸어. 자리로 돌아오는데 유선이가 화장실에서 나오더라. 휴대전화 좀 빌려달랬더니 집에 두고 왔대. 보니까 그 가게 안에 공중전화박스가 있어서, 유선이한테 백 원짜리 몇 개만 달라고 했어. 투덜거리면서 유선이가 동전을 주더라고. 박스 안에 들어갔는데 갑자기 우리 집 전화번호가 기억이 안 나는 거야. 그래서 유선이를 다시 불렀어. 유선이가 다이얼을 눌렀는데, 통화 중이었고, 그래서 박스 안에서 잠깐 이야기를 하게 됐어. 알지? 그때, 우리, 사귀기로 한 지 얼마 안 된 때였잖아. 미영이랑 친구들이 알게 된 것도, 그날이었나. 내가 너한테 잘하고 있는 걸까, 그런 생각이 들어서. 그리고…… 그래, 유선이가 신경 쓰이지 않았다면 거짓말이야. 어쨌거나 그때까지 제일 친한 친구였고, 혹시 내가 실수를 한 건 아닌가 싶기도 했어. 취해서, 그런 생각이 들었던 거야. 그래서 내가, 유선이한테…… 시험해보자고 그랬어. 확실하게 하려고. 혹시라도 미련 같은 게 남으면 어떡하나 해서…… 키스해보면 알 수 있을 것 같아서. 나, 바보 같지? 그래서, 그렇게 된 거야. 키스를 했는데, 정말 아무 느낌이 없었어. 유선이는 기가 막혀했지만, 그냥 웃어버렸어. 그런데 네가 그걸 본 거야. 하필이면."

꿈을 꾸고 있는 것처럼, 모든 것이 비현실적으로 느껴졌다. 다행이라는 생각도, 그래서 기쁘다는 생각도 들지 않았다.

"……너, 일어나면…… 같이 생선회도 먹으러 가고 그러자. 너 그런 거 좋아하지? 인라인 스케이트 대신 눈썰매 타면 돼. 그건 탈 수 있을 거야. 그리고 액션영화 보자고 안 그럴게……."

엄마가 조용히 몸을 뒤척였다. 우린 잘해나갈 수 있을 거라고 생각했는데. 진우는 가만히 일어나서 병실 밖으로 나갔다. 이런 식의 마지막은 상상해본 적이 없는데. 간호사들이 분주히 돌아다니고 병실에 밝은 불이 켜지기 시작했다. 그를 좋아하고 있는 거라고 생각했는데. 병원의 아침이, 다시 시작되고 있었다.

story no.3

어쩐지 나와 다른 세계

깊은 밤이었다. 창밖의 가로등 하나가 깜박거리고 있었다. 아무도 없는 거리를 희미한 불빛으로 비추고 있다가, 어느 순간 지쳤다는 듯이 피식 하고 꺼져버리는 줄 알았더니, 다음 순간 또다시 반짝 하고 불이 들어왔다. 소파에 드러누워 곯아떨어져 있는 한 남자의 얼굴이 불빛 속에 나타났다 또 사라졌다.

남자는 뭔가 고통스러운 꿈을 꾸는 듯, 잔뜩 찌푸린 얼굴은 땀으로 흠뻑 젖어 있었다. 소파 아래에는 아무렇게나 내팽개쳐진 양복 재킷이 시커먼 동물 같은 형상으로 웅크리고 있었고, 그 옆에는 둘둘 말린 양말이 널브러져 있었다. 남자의 목에는 반쯤 벗다 만 넥타이가 불길하게 걸려 있었고, 와이셔츠 단추는 두세 개쯤 풀려 있었다. 남자는 심하게 코를 골다가 깜짝 놀란 듯 호흡을 멈추고, 으음 하는 신음소리를 뱉으며 다시 코를 골았다. 그

소리가 요란하게 실내를 울렸지만, 방문은 모두 닫혀 있었고 누구도 내다보지 않았다.

"누구예요, 이 아저씨?"

나는 그곳으로 나를 데려온 창 아저씨를 바라보며, 참았던 질문을 던졌다.

"김 과장."

"그게 누군데요? 잘 아는 분이세요?"

"뭐 그건 아니고……."

창 아저씨가 뭔가 설명을 하려는데, 갑자기 남자가 벌떡 일어났다. 나는 깜짝 놀라 한 걸음 뒤로 물러섰는데, 그러고 나서야 그 남자의 눈에 내가 보이지 않는다는 사실을 깨달았다. 나는 유령이 되어버렸기 때문이다. 지금 이 낯선 아파트에 서 있는 것은 나의 영혼이고, 나의 육체는 깊은 잠에 빠진 채 병원 침대에 누워 있었다.

김 과장은 한동안 자신이 있는 곳이 어디인지 모르겠다는 표정으로 두리번거리다가, 안도의 한숨을 내쉬고 자리에서 일어났다. 부엌에 있는 냉장고를 열어 차가운 물을 꺼내면서, 그는 목에 반쯤 걸려 있던 넥타이를 풀고 와이셔츠를 벗어던졌다. 벌컥벌컥 물을 마시고, 싱크대의 수도꼭지를 틀어 대충 얼굴을 씻었다. 그리고 그 자리에 그대로 선 채, 자신의 두 손을 한동안 바라보았다. 어쩐지 겁에 질린 것 같은 표정이었다.

"저 사람이 무슨 짓을 저질렀어요?"

"글쎄. 뭐, 꼭 그런 건 아니지만."

김 과장은 다시 소파로 돌아가서 잠을 청했다. 하지만 쉽게 잠이 오지 않는 듯 자꾸 뒤척이고 있었다.

"소이야. 동관 지하에 새로 생긴 아이스크림 집 알지?"

"네. 거긴 왜요?"

"거기 샌드위치, 맛이 기가 막혀. 병원에서 그렇게 맛있는 샌드위치를 파는 날이 올 줄 누가 알았겠어? 오래 살고 볼 일이야."

"저 아저씨랑 샌드위치가 무슨 관계인데요?"

"별로 관계는 없지. 돌아가서 그거 하나 먹고 나면, 무이 여자친구가 올 거야."

"무이 오빠 여자친구요? 여자친구가 있었어요?"

나는 어쩐지 좀 섭섭한 기분이 되었다. 내 기분 같은 건 모른다는 듯이, 창 아저씨는 무심한 목소리로 말을 이었다.

"날이 밝으면 말이다. 무이가 저렇게 누워 지낸 지 딱 일 년 되는 날이거든. 그 아이가 잊어버리지 않았다면 오늘쯤 찾아올 거야."

"근데 그동안은 왜 안 보였대요? 여자친구라면서."

"여러 가지 사정이 있었어."

나는 여전히 뒤척이고 있는 김 과장을 뒤로하고, 걸음을 옮기는 창 아저씨를 따라 서둘러 밖으로 나왔다. 어느새 천천히 날이 밝아오고 있었다.

그녀, 무이 오빠의 여자친구가 침대 앞에 앉아 있었다. 내가 서 있는 곳에서는 등밖에 보이지 않았지만, 어쩐지 의지가 곧고 씩씩한 느낌을 주는 등이었다. 그녀는 무이 오빠의 몸이 누워 있는 침대를 향해 몸을 기울인 채, 무이 오빠의 손을 꼭 쥐고 있었다. 그런 그녀를, 무이 오빠가 한쪽에 서서 가만히 바라보고 있었다. 지금 들어가면 무이 오빠가 싫어할지도 모른다는 생각이 들었지만, 나는 나도 모르게 병실 안으로 발을 내딛고 있었다.

"저기…… 오빠……."

무이 오빠는 그녀에게서 시선을 떼지 않은 채, 고개를 끄덕였다. 들어와도 괜찮다는 거겠지. 나는 내 멋대로 그렇게 생각하고 다시 한 걸음 내딛었다.

"이름이…… 뭐예요?"

그녀의 크고 까만 눈동자에 살짝 눈물이 어려 있는 것을 보며, 내가 말했다.

"창 아저씨한테 들었구나."

무이 오빠는 한숨을 낮게 내쉬며 말했다.

"수영이라고 해."

"네에……."

수영. 나는 마음속으로 그 이름을 불러보았다. 평범하지만 예쁜 이름이었다. 무이 오빠는 더 이상 할 이야기가 없어 보였고, 나 역시 할 말이 없었다.

"저…… 전 그냥 가볼게요."

그는 대답이 없었고, 나는 조용히 병실 밖으로 나왔다. 잘못한 것도 없는데 누군가에게 몹시 혼이 난 것 같은 기분이었다. 어디로 가야 할까, 나는 잠시 멍하니 무이 오빠의 병실 앞에 서 있었다가, 복도 끝에서 누군가 나를 향해 열심히 손을 흔들고 있는 사람을, 아니 엄밀히 말하면 유령을 발견했다.

"너, 새로 온 애지? 이름이 뭐라고 그랬더라?"

내가 가까이 다가가자, 그는 잽싸게 내 팔에 팔짱을 끼고, 나를 끌고 가다시피 하며 물었다. 그의 걸음걸이는 마치 런웨이에 오른 모델 같았다.

"소이예요. 아저씨는……."

"다들 미스터 모델이라고 불러."

"아, 역시."

"역시? 내 얘기 들었구나. 무이한테 들었니? 뭐라고 그랬어?"

휴게실 소파에 털썩 앉으며, 미스터 모델은 옆에 굴러다니던 잡지 하나를 집어들고 무성의하게 몇 장을 넘겼다.

"그냥, 조금요."

"어라어라, 이놈 봐라. 이게 누구야."

그는 이미 내 말을 듣지 않고, 잡지의 한 페이지, 정확하게 말하면 사진 속의 한 남자를 노려보고 있었다.

"이 자식은 나보다 한참 못 나가던 놈이었는데! 화보를 네 페이지나 찍다니! 폼 좀 봐라, 폼 좀. 엉성하기 이루 말할 데가 없지?"

그가 잡지를 내 코앞으로 너무 가까이 들이밀었기 때문에, 나는 사진 속의 모델을 잘 볼 수 없었다. 내가 떨떠름한 표정으로 한 걸음 물러나자, 그는 나를 아래위로 훑어보더니 훗 하고 웃음을 터뜨렸다.

"왜요?"

"넌 안 되겠다. 모델 하기에는 키가 너무 작아. 다리도 길지 않고."

"……그래요?"

"당연하지. 그런데 저 안쪽 공기는 어때?"

"네?"

"무이 말이야. 수영 씨랑 같이 있지? 무슨 이야기 하고 있어?"

"아무 말도…… 그냥 가만히 있던데……."

"그래?"

미스터 모델은 실망한 표정으로 자리에서 일어났다.

"저기…… 여자친구라면서, 왜 자주 안 와요?"

"너 아무것도 모르는구나."

나는 얼굴이 빨개진 채 고개를 끄덕였다.

"그런데 궁금해 죽겠지? 무이랑 수영 씨 스토리가."

더욱 빨개진 얼굴을 숙이며, 나는 또 고개를 끄덕였다.

"어떡하나. 나도 얘기를 해주고 싶긴 한데, 스트레칭 하러 갈 시간이거든?"

그는 뻐기는 듯한 걸음걸이로, 그러나 흠 잡을 데 없는 완벽한 워킹으로 몇 걸음 걸어가다가 문득 뒤를 돌아보았다.

"너도 갈래?"

"가만히 서 있지만 말고, 너도 좀 움직여보지 그래? 노력한다고 나처럼 될 수야 없겠지만, 혹시 알아?"

병원 옥상에서, 미스터 모델은 길고 탄력 있는 팔과 다리를 쭉쭉 뻗으면서 내게 말했다.

"하지만……."

"유령인 주제에, 이런 짓이 다 무슨 소용이 있느냐고 묻고 싶지? 하긴, 내 진짜 몸하고는 전혀 상관없지. 그래도 이건 일종의 자기와의 약속이거든. 그게 얼마나 중요한지 알아? 난 데뷔 때부터 지금까지, 하루도 안 빼놓고 운동을 해온 사람이야. 왜냐, 난 프로거든! 멋지지 않니?"

나는 대답할 말을 찾지 못한 채 입을 다물고 있었다.

"너, 거짓말 못 하는구나? 하지만 나한테 뭔가 이야기를 들으려면 아부 좀 해야 할걸? 이 병원에서 일어나는 일 중에 내가 모르는 건 없거든."

"……멋져요."

"아, 정말. 됐다, 됐어. 뭐부터 얘기해줘?"

백팔십도로 다리를 찢으면서, 그가 말했다.

"저기, 무이 오빠는 왜 저렇게 되었어요? 일 년 전에 그랬다던데."

"왜 식물인간이 됐냐고? 교통사고지. 제일 흔한 케이스야. 그런데 운이 없었어. 뺑소니였거든."

자세를 바꾸며, 그가 말을 이었다.

"한밤중에 횡단보도 건너다가 치여버렸어. 자세한 이야기는 안 하더라고. 뭐 우리끼린 그런 얘기 잘 안 해. 이제 와서 얘기한다고 달라질 것도 없으니까, 열만 받잖아?"

"그럼…… 무이 오빠 여자친구는요?"

"하아. 그건 나름대로 길고 긴 스토리인데."

미스터 모델은 허리를 돌리면서 잠시 생각을 정리하는 것 같았다.

"무이가 병원에 들어온 지, 그러니까 의식을 잃은 지 두 달쯤 지난 다음이었지. 그때까지 수영 씨는 입원한 날부터 하루도 빼놓지 않고 찾아왔어. 옆에서 보기에도 참 좋은 여자였어. 예쁘고 착하고 똑똑하고 강해. 그런 여잔 잘 없거든. 대부분 예쁘고 멍청하거나, 똑똑하지만 착하진 않으니까. 안 그래?"

"그런데요?"

이야기가 다른 곳으로 흘러갈 것 같아, 나는 재빨리 대답했다.

"그날도 수영 씨가 무이의 병실을 지키고 있었는데 원장이 찾아왔어."

"원장이요?"

"무이의 유일한 가족이라고 할 수 있지. 고아원 출신이거든."

난 그제야 무이 오빠의 가족들을 볼 수 없었던 이유를 알 것 같았다.

"원장이 수영 씨를 데리고 식당으로 갔어. 밥이라도 먹이려고 말이야. 그 자리에 우연히 내가 있었지."

우연은 아니었겠지, 생각했지만 나는 잠자코 그의 이야기에 귀를 기울였다.

"수영 씨는 밥을 먹는 둥 마는 둥 하고 숟가락을 내려놓았어. 원장이 밥을 다 먹은 것을 보고 수영 씨가 계산서를 들고 일어서려는데 원장이 다시 앉혔지. 할 말이 있다면서. 그 사람도 나쁜 사람은 아니야. 그럴 수밖에 없었지. 난 이해해."

"뭐라고 그랬는데요?"

"자기가 무이 보호자로 되어 있긴 해도, 부모도 아니고 고아원 원장이고, 병원비가 만만치 않은데, 무이가 들어놓은 적금은 이미 다 쏟아부었고, 앞으로 대책이 없다는 거지. 고아원 원장이 모아둔 돈이 있겠냐면서. 무이는 열여섯 살에 고아원에서 나가서, 그다음부터 자기가 벌어서 학교 다니고 그랬나봐. 혼자 아르바이트해서 학비 벌고, 졸업하기도 전에 취직하고. 코딱지 같은 월급이라도 꼬박꼬박 받는 데다 수영이도 만나고 해서 다행이다 싶었는데 그런 일이 생겨버린 거지. 원장이 그랬어. 저렇게 놔두면 무슨 희망이 있겠느냐고. 저런 상태로 몇 년이나 갈지도 모르는데, 산 사람은 살아야 하지 않겠냐고."

"……그래서요?"

"수영 씨도 나이 서른인데, 언제까지 무이만 보고 있을 거냐고. 결혼한 사이도 아니고, 앞날을 생각해야 하지 않겠냐고. 매정하게 들릴지 몰라도, 사는 게 원래 매정한 거라고. 수영 씨는 가만히 듣고 있다가, 생각할 시간을 좀 달라고 그랬지. 원장이

가고 나서 수영 씨가 무이한테, 그러니까 무이 몸이 있는 병실로 찾아가서 무이 손을 꼭 잡고, 그러더라고."

"뭐라고요?"

"어떻게든 자기가 살리겠다고. 아무 생각 말고 빨리 일어나라고. 당분간 병원에 못 오니까, 그렇게 알라고. 열 달 후에 다시 오겠다고. 아직 젊은데 십 년이든 이십 년이든 못 버티겠냐고. 자기만 믿으라고."

"그게 오늘이군요."

미스터 모델은 고개를 끄덕이고, 호흡을 골랐다.

"돌아올 때까지 병원비 대라고 하면서, 자기 적금 깨서 원장한테 맡기고 돈 벌러 간 거야. 다신 안 올 거라고 얘기한 사람들도 많았지만, 나는 수영 씨가 돌아올 줄 알았어. 내가 사람 좀 볼 줄 알거든."

나는 옥상 난간에 기대어, 병원으로 들어오는, 또는 나가는 사람들을 바라보았다. 어깨에 자기 몫의 무거운 짐을 지고, 사랑하는 누군가를 만나기 위해 병원으로 오는, 또는 그들을 위해 다시 일을 하려고 세상으로 나서는 그들 사이로, 터덜터덜 걸어오는 창 아저씨가 보였다. 많은 사람들이 창 아저씨를 무심하게 통과하고 있었다.

"대리운전이요?"

"그래, 밤에는 대리운전, 낮에는 보험일."

그날 밤, 나는 창 아저씨에게 이끌려 불빛들이 번잡한 도심으로 가고 있었다.

"무이 오빠는 뭐라고 그래요?"

"그냥 죽었으면 좋겠다고 그러더라. 어지간히 마음이 무거웠나봐. 그런 소리 함부로 할 아이가 아닌데."

술에 취한 사람들이 창 아저씨와 나를 무심하게 통과하고 있었다. 그때마다 나는 움찔 하고 몸을 피하려고 했지만 곧 그러지 않아도 된다는 것을 깨닫고, 차츰 익숙해지고 있었다.

"집도 나왔을 거래. 하던 공부 때려치우고 험한 일 하는 꼴, 그냥 보고 있을 사람들이 아니라던데. 가만 있자, 거의 다 온 것 같은데."

창 아저씨는 술집들이 늘어서 있는 어느 거리로 접어들어, 길가에 주차되어 있는 차들을 하나씩 살펴보다가 하얀색 소나타 앞에서 걸음을 멈추었다. 조수석에 한 남자가 술에 취해 잠들어 있었다.

"저 사람은…… 김 과장이란 사람 아니에요?"

"맞아."

무슨 일인지 물어보기도 전에, 또각또각 선명한 발자국 소리가 우리를 향해 다가왔다. 무이 오빠의 여자친구였다. 그녀는 소나타 앞에서 걸음을 멈추고 번호판을 확인한 다음, 조수석의 문을 두드렸다. 그 소리에 얼핏 깨어났는지, 김 과장이 창을 열고 멍한 표정으로 그녀를 보았다.

"대리운전 부르셨죠?"

싹싹한 목소리로 그녀가 말했다.

"아가씨가 왔어요?"

김 과장은 약간 당황한 듯 갸우뚱거리다가 주머니를 뒤져 키를 건넸다.

"혹시 불편하시면 다른 기사로 바꿔드릴까요?"

"난 상관없어요. 아가씨만 괜찮으면. 또 기다리고 어쩌고 하는 거 귀찮으니까 그냥 갑시다."

"네. 댁이 어디세요?"

운전석으로 올라타며 그녀가 물었다. 창 아저씨와 나도 뒷좌석에 나란히 앉았다.

"잠실."

김 과장은 그렇게 대답하고, 다시 눈을 감았다. 곧 코 고는 소리가 들리고, 차는 도심을 벗어나 한밤의 도로를 달리기 시작했다.

"음악이라도 좀 틀지."

창 아저씨가 말했지만, 물론 그녀의 귀에 들릴 리 없었다. 얼마

쯤 갔을까, 곤하게 잠들어 있던 김 과장이 끙끙거리는 신음소리
를 내기 시작했다. 신경이 쓰이는 듯, 운전을 하던 그녀가 몇 번
인가 그를 바라보았다. 신음소리가 점점 커져갔고, 그를 깨워야
겠다고 생각한 그녀가 막 입을 열려는 순간, 김 과장이 소리쳤다.

"스톱! 스톱!"

깜짝 놀란 그녀는 급히 비상등을 켜고, 한쪽 길가에 차를 세웠
다.

"왜 그러세요?"

김 과장은 무엇엔가 놀란 사람처럼 겁에 질린 채 두리번거렸
다. 그러다 자신이 꿈을 꾸었다는 사실을 깨달은 듯, 긴 한숨을
내쉬었다.

"괜찮으세요? 가도 돼요?"

김 과장이 고개를 끄덕였고, 차가 다시 출발했다.

"아가씨. 아가씨는 절대 음주운전 같은 거 하지 말아요."

한동안 침묵이 흐른 후에 김 과장이 입을 열었다.

"전 대리운전 기사인걸요."

"그렇지…… 내가 말이지, 예전에는 음주운전을 밥 먹듯 하
고 다녔어. 그래서 지금 벌 받는 걸 거야."

창밖을 응시하며, 그는 혼잣말처럼 중얼거렸다.

"그때는 진짜 아무 생각도 없었지. 술 마시고, 다음 날 아침에

일어나면 집 앞에 차가 서 있어. 어떻게 왔는지 아무것도 기억이 안 나는데 말이야. 그러니까 집에 가다가, 뭘 치어놓고, 이를테면 개나 고양이 같은 거 말이야. 그래놓고 그냥 모르고 갔을 수도 있다는 거야. 처음엔 그런 거 생각도 못했지. 그런데 어느 날부터 꿈을 꾸기 시작했어. 내가 술에 취해 차를 몰고 가는 거야. 근데 뭔가 물컹 하고 밟혀. 유리창에 피가 튀어오르고…… 나가 보면 사람이 죽어 있는 거야…… 그런 꿈을 몇 번이나 꾸다보니까 정말 그런 일이 있었을지도 모른다는 생각이 들었어. 내가 사람을 치어놓고 몰랐을 수도 있다는 거야. 끔찍해. 정말 끔찍한 일이야."

이마에 흐르는 땀을 닦으며 그가 얼굴을 찌푸렸다.

"그런 다음부턴 음주운전을 딱 그만뒀지. 사람 할 짓이 아니더라고. 일 년쯤 전의 일이야. 그런데 아직도 그런 꿈을 꿔."

김 과장은 이제 생각하기도 싫다는 듯이 고개를 흔들고, 의자에 몸을 묻으며 눈을 감았다. 푸른 신호를 받으며 막 사거리를 통과하려던 차가 갑자기 급정거를 한 것은 그때였다.

"왜 그래?"

김 과장이 놀라서 몸을 일으켰다. 바로 앞에 횡단보도가 있었지만, 그 횡단보도도 양쪽 거리도 텅 비어 있었다.

"제 남자친구가 일 년 전, 바로 여기서 교통사고를 당했어요.

아저씨 댁으로 가는 길이네요."

침착하게 비상등을 켜고, 운전대에 손을 그대로 올려둔 채, 그녀가 조용히 말했다.

"한밤중이었고, 횡단보도에는 보행자 신호가 들어와 있었어요. 멀리서 차가 아주 빠른 속도로 달려왔고, 신호를 보지 못한 것처럼 그대로 지나갔어요. 남자친구는 그 차에 치여 바로 의식을 잃었고, 지금까지 그 상태로 병원에 입원해 있어요."

하얗게 질린 김 과장을 응시하며 그녀가 말했다.

"차에, 무슨 흔적 같은 게 남아 있던가요? 움푹 들어간 자국이나 긁힌 자국 같은 거요."

"아…… 아니…… 그런 건 없었어요. 정말로…… 자주 살펴보는데……."

"그럼 아닐 거예요. 사람을 치었다면 차 어딘가에 반드시 흔적이 남거든요."

그녀는 다시 차를 출발시켰다.

"잠실, 어디세요?"

그녀에 말에, 김 과장은 아직도 넋이 빠진 듯 대답을 하지 못하고 눈만 껌뻑이고 있었다.

"여기, 잠실이에요. 어느 아파트세요?"

그녀가 다시 물었다.

아무도 없는 병원 옥상에, 무이 오빠가 혼자 서 있었다. 나는 쉽게 가까이 가지 못한 채, 하늘의 별과 먼 곳에 있는 집들에서 흘러나오는 불빛을 헤아리고 있었다. 그의 이름을 불러보고 싶었지만, 그가 서 있는 곳은 어쩐지 나와 다른 세계 같아서 나의 목소리가 닿지 않을 것만 같았다.

이상한 일이었다. 나는 삶의 세계에도 죽음의 세계에도 속해 있지 않은데, 어쩐지 그 사이의 세계에도 속해 있지 않은 것 같은 기분이 들었다. 아니다, 나는 다만 무이 오빠의 세계에 들어가지 못한다는 사실이 아프고 속상했던 것이다. 내가 아닌 다른 누군가의 세계 속에 그토록 간절히 들어가길 원했던 것은, 그때가 처음이었다.

나는 몹시 슬퍼졌고, 나 자신이 싫어졌다. 유령이 되어서도 자신을 싫어할 수 있다는 사실이 더욱 슬펐고, 아무것도 할 수 없는 내가 더욱 싫었다.

story no.4

창 아저씨는
괜찮지 않아요

낡은 나무문 너머에서 쿵쿵쿵, 거대한 심장소리와 흡사한 소리가 들려오고 있었다. 창 아저씨는 무이 오빠와 나를 돌아보며 이제 막 커다란 사탕을 받아든 아이처럼 천진난만한 미소를 지었다.

"어디예요? 여긴?"

어디로 가는지도 모르고 무이 오빠와 함께 창 아저씨에게 끌려온 참이었다.

"기분전환, 기분전환."

창 아저씨가 서둘러 안으로 들어가고, 무이 오빠는 어쩔 수 없다는 듯 나를 바라보았다.

"학교 다닐 때 안 가봤니? 록클럽 같은 곳이야. 창 아저씨 단골집."

하지만 그곳은 친구들과 함께 갔던 록클럽과는 좀 달랐다. 거품이 퐁퐁 일어나는 생맥주를 앞에 놓고 음악에 귀를 기울이고 있는 사람들은 학생이라기에는 나이들이 좀 많아 보였고, 스피커를 터뜨릴 듯 울려나오는 음악은 내가 한 번도 들어보지 못한 종류의 것이었다. 칠십 년대의 록음악을 주로 트는 곳이라고, 나중에 무이 오빠가 얘기해주었지만, 그곳에 있는 사람들 중 누구도 우리가 들어오는 것을 알아차리지 못했다. 우리가 유령이 아니어서 사람들의 눈에 보인다고 해도 아마 그랬을 거라고, 나는 생각했다.

창 아저씨는 만족스러운 얼굴로 주위를 한 바퀴 휙 둘러보더니, 한쪽 구석에 앉아 고개를 푹 숙인 채 신문을 보고 있는 남자를 향해 다가가서 그의 어깨를 툭툭 쳤다. 유난히 얼굴이 희고 눈이 반짝이는 사람이었는데, 아무리 봐도 나이를 짐작할 수가 없었다.

"오셨어요?"

창 아저씨를 향해 남자가 말했다.

"인사들 해라. 여기, 신입. 이름은 소이."

창 아저씨가 나를 가리키자 남자는 고개를 까딱 하며 미소도 짓지 않고 말했다.

"다니엘입니다."

"저기, 아저씨도 유령이세요?"

내 말에 창 아저씨가 웃음을 터뜨렸다.

"자네도 일종의 유령이지. 안 그래, 다니엘?"

다니엘은 그 질문에 대답을 않고, 무이 오빠를 향해 말했다.

"수영 씨, 잘 있지? 나 원망하지 마라. 내가 정하는 일 아니라는 거, 알지?"

"알지."

다니엘은 고개를 끄덕이고 자리에서 일어났고, 창 아저씨는 어느새 음악에 심취한 채 바 뒤에서 생맥주를 따르고 있는 한 여자를 정신없이 바라보고 있었다. 나는 밖으로 나가는 다니엘과, 창 아저씨가 보고 있는 여자를 번갈아보다가 무이 오빠에게 물었다.

"누구예요?"

"다니엘은 천사야. 그리고 저 여자는 민선이라고, 창 아저씨 애인."

"천사요? 진짜 천사예요? 애인이요? 아저씨한테 애인도 있어요? 와아, 굉장해요. 하지만 애인이라기보다 딸처럼 보이는데."

"그렇지?"

"그런데 유령이 되면 천사도 볼 수 있는 거예요?"

무이 오빠의 얼굴에 미소가 떠올랐다.

"몰라. 나도 저 녀석 말고 다른 천사는 본 적이 없거든. 다니엘은 좀 별종이라 멋대로 하고 다니는 걸지도."

천사를 만났다는 것보다, 생맥주를 따르고 있는 민선이란 여자가 창 아저씨의 애인이라는 것보다, 무이 오빠가 드디어 미소를 지었다는 사실이 나를 놀라고 기쁘게 했다. 여자친구인 수영 언니가 병원에 다녀간 후, 무이 오빠는 내내 슬픈 얼굴을 하고 있었기 때문이다.

잔뜩 취해버린 창 아저씨를 부축하여 병원으로 돌아왔을 때는 깊은 밤이었다. 창 아저씨는 잔디밭에 눕자마자 코를 골며 잠이 들었고, 무이 오빠도 피곤한 얼굴로 옆자리에 드러누웠다. 아직도 불을 환하게 밝히고 있는 병실 창문 너머로, 잠을 이루지 못하고 있는 유령 같은 환자들의 그림자가 어른거렸다. 요란한 사이렌 소리를 울리며 앰뷸런스 한 대가 응급실 입구에 선 것은 그때였다. 목을 빼고 그쪽을 바라보는 나에게 무이 오빠가 말했다.

"나도 한동안은 적응이 안 되더라고. 사이렌 소리가 날 때마다 응급실로 달려가곤 했지. 내가 할 수 있는 건 아무것도 없는데 말이야."

가보고 싶으면 가보라는 의미로, 무이 오빠가 고개를 끄덕였다.
앰뷸런스에 실려온 사람은 열두 살이나 열세 살쯤 되어 보이는 남자아이였다. 아이는 응급실로 옮겨졌다가, 다시 비상용 엘리베이터에 급히 태워졌다. 하얀 가운을 입은 의사들과 간호사들의 발소리가 차가운 병원 복도를 무겁게 채웠다. 나는 더 이상 따라가지 않고 물끄러미 서서 엘리베이터 문이 닫히는 것을 보았다.

"소이라고 했지?"

고개를 돌리자, 다니엘이 서 있었다.

"다니엘…… 천사……님?"

"그냥 다니엘이라고 불러."

"위독한가요? 저 아이?"

다니엘은 고개를 끄덕였다.

"어디로 데려가는 거예요?"

"시티 촬영하러. 그다음에는 중환자실, 아니면 수술실."

"……어떻게 돼요?"

"그런 건 나도 몰라."

"천사라면서요?"

"내 소관이 아니야. 더 높으신 분이 결정하는 거지."

"……그래도 천사라면, 뭔가 도와줘야 하는 거 아니에요?"

다니엘은 나를 빤히 보다가 한숨을 쉬고 말했다.

"너, 커피 마실래?"

옥상에서 올려다본 하늘은 캄캄했다. 별도 없고 달도 없는 밤이었다. 이상하게도, 나는 좀 슬퍼졌다. 다니엘 때문일지도 모른다는 생각이 들었다. 어쩌면 천사라는 존재는, 인간을 왜소하고 불안하고 슬프게 만드는 것인지도 모른다. 이유는 모르겠지만. 내 마음속에는 다니엘에게 묻고 싶은 질문들이 뒤죽박죽으로 떠돌아다니고 있었다.

"미래에 대해 천사에게 질문하는 것은 금지되어 있어. 그리고 네가 궁금해하는 것도 대답해줄 수 없어. 나도 모르니까."

내가 입을 열기도 전에, 다니엘이 말했다.

"……다른 사람 마음을 읽어요?"

"뭐 어쨌든 천사니까. 난 가능하면 읽지 않는 쪽이지만."

"왜요? 읽어달라고 하지 않았는데 읽는 건 나쁘니까?"

"그냥. 귀찮아서."

난간에 기대어 하늘을 올려다보며, 다니엘이 대답했다.

"미래에 대한 거 말고 다른 질문은 괜찮아요?"

"다른 사람의 과거에 대한 것도 안 돼."

"그럼 뭐가 돼요?"

"글쎄. 이를테면 '이름이 왜 다니엘이죠?' 같은 거?"

"……왜 다니엘인데요?"

"〈베를린 천사의 시〉 봤어? 빔 벤더스 감독."

"아뇨. 그 영화에 나오는 천사의 이름이 다니엘인가요?"

"내가 지금 얘기해줄 수 있는 건 하나밖에 없어. 아까 갔던 그 카페에서 창 아저씨가 보고 있던 여자, 기억나?"

"네. 이름이 민선이라고……."

"조금 전에 실려온 아이의 누나야. ……일단은 그래. 나머지는 차차 알게 될 거야."

내가 고개를 갸웃거리자, 다니엘은 다시 미소를 지어 보였다. 이상하게도 쓸쓸한 미소였다. 인간은, 천사를 쓸쓸하게 만드는 존재인지도 모른다. 한없는 나약함과 어리석음으로.

음악도 없고 손님도 없는 민선 언니의 카페는 지나치게 조용해서, 먼지가 공기 속을 떠돌아다니는 소리까지 들릴 것 같았다. 창 아저씨는 한쪽 구석자리에 앉아 있었고 다니엘은 바에 기대어 신문을 보고 있었다. 두 사람 모두 내가 들어온 사실을 모르는 것 같아서, 나는 조그맣게 헛기침을 했다.

"저기, 조금 전에 보고 왔는데요, 아직 별다른 차도가 없나봐요. 민선 언니 동생……."

말을 하고 나서야, 다니엘은 그 사실을 이미 알고 있을 거라는 생각이 들었다. 창 아저씨 역시.

"동생이라……."

신문에서 눈을 떼지 않은 채, 다니엘이 말했다.

"그런데 사실은 아들이죠?"

나는 놀라서 다니엘과 창 아저씨를 보았지만, 둘 중 누구도 내게 설명을 해줄 생각이 없어 보였다.

"어려운 수술이긴 했지만, 수술 경과는 좋았는데. 퇴원했다가 갑자기 다시 실려올 줄은 나도 몰랐어요. 그런데 아저씨는 왜 민선이란 아가씨한테 그렇게 신경을 써요? 남들이야 어떻게 살든 무슨 상관이냐고 늘 그러면서."

창 아저씨는 의심스러운 눈으로 다니엘을 바라보았다.

"안 봤어, 내 과거?"

"안 봤어요. 아는 사람이라고 해서 일일이 과거를 챙겨보는 거, 내 스타일 아니잖아요."

"너무하네. 알고 지낸 지가 얼만데."

"지금이라도 봐드려요?"

"마음대로 해."

다니엘이 카페의 어두운 벽을 응시하자, 곧 벽 위에 어른거리는 형체들이 나타나기 시작했다. 나는 침을 꼴깍 삼키고 한 걸음 뒤로 물러서서 창 아저씨의 과거를 바라보았다.

두서없이 깜박이는 불빛들 사이로 부산하게 움직이는 사람들의 모습이 나타났다. 그들의 걸음은 가야 할 길을 분명히 알고 있는 사람들의 것처럼 확신에 차 있었고 그만큼 빨랐다. 나는 그 가운데서 창 아저씨를 찾아보려고 했지만, 화면이 너무 빠르게 지나가는 바람에 누가 누군지 구분할 수가 없었다. 잠시 후 나는 그곳이 유동인구가 많은 전철역 안이라는 것을 깨달았다. 그리고 내가 찾고 있던 사람은 부산하게 오가는 사람들 속에 있는 것이 아니라, 뒤쪽에서 서성거리고 있는 노숙자들 사이에 있다는 것도 알게 되었다. 십 년 전쯤의 창 아저씨가 다른 노숙자들과 함께 도시락을 나눠먹고 있었다.

"아저씨, 돈 많잖아요. 왜 저런 짓을 했어요?"

그 모습을 바라보며 다니엘이 물었다.

"이것저것 다 귀찮아서."

"성격 이상하시네."

"너만큼은 아니야."

그때 십 년 전의 창 아저씨 앞을 지나던 누군가가 걸음을 멈추었다. 십 년 전의 민선 언니였다. 혹시 창 아저씨 아니에요? 민선 언니가 창 아저씨의 얼굴을 유심히 바라보며 말을 건넸다. 창 아저씨는 귀찮다는 얼굴로 그녀를 잠시 보다가 머리를 흔들었다. 저, 민선이에요, 어릴 때 옆집에 살던. 그제야 창 아저씨는 생각난다는 듯, '어' 하며 슬쩍 미소를 지었다.

여기서 뭐 하세요? 집, 나오셨어요? 민선 언니가 물었고, 나오고 자시고 할 게 뭐 있어, 아무도 없는데 하고 창 아저씨가 대답했다. 아직 거기서 사시는 거죠? 민선 언니가 다시 물었고, 집은 거기 있지, 사는 건 아니지만 하고 창 아저씨가 대답했다. 민선 언니가 또 입을 열려고 하자, 창 아저씨는 손을 휘휘 내저으며 말했다.

"꼬치꼬치 물어볼 거면 그냥 가라. 별 할 얘기도 없으니까."

하지만 민선 언니가 빙그레 웃으며 아저씨, 저랑 술 한잔 하실래요? 말하자 창 아저씨의 얼굴은 갑자기 밝아졌다.

"예나 지금이나 술 엄청 좋아하신다니까."

다니엘의 핀잔에 창 아저씨는 입맛을 다시며 말했다.

"너도 나이 들어봐. 여자보다 좋은 게 술이야."

"저, 아저씨보다 나이 많아요. 그래서 둘이 술 마시러 간 거예요?"

잠시 후 창 아저씨와 민선 언니는 어느 술집에 나란히 앉아 있었다. 지금 민선 언니의 가게와 무척 비슷한 분위기의 술집이었다.

"내 얘기는 안 묻겠다고 약속하고 갔지. 대신 자기 이야기를 들어달래서."

"귀찮은 건 딱 질색인 분이, 용케 그러자고 하셨네요."

"민선인 좀 달랐어. 어릴 때부터 봐왔으니까. 난 애들이 영 불편했는데, 그 애는 다른 애들처럼 앵앵거리지도 않았고, 뭐든 혼자 힘으로 다 했지. 가끔 우리 집에 놀러 와서 이것저것 신기하다는 눈으로 바라보긴 해도, 내 허락 없이는 함부로 손도 대지 않았어."

"그래, 뭐라던가요?"

"집을 나왔다고 그러데."

그때 민선 언니는 스물한 살이었다. 고등학교를 졸업하고 바로 독립했다고, 그녀는 창 아저씨에게 말했다. 열심히 살았고 지금도 열심히 살고 있지만, 한 번쯤 투정부리고 싶을 때가 있다고, 가끔 아저씨 생각을 했다고.

"제 엄마한테 혼나고 오면, 내가 아무것도 안 묻고 그냥 내버려둬서 좋았다더군. 나야 귀찮아서 그랬지만 뭐 좋았다면 다행이지 했는데 갑자기 저한테 아이가 있다는 거야."

열여덟 살에 아이를 낳았다고, 이제 세 살이라고, 아이를 엄마한테 맡기고 집을 나왔다고, 민선 언니는 말했다.

"걔네 엄마, 보통이 아니었거든. 걔네 아버지 일찍 돌아가시고, 여자 혼자 힘으로 민선이를 키웠으니 만만하게 굴어서는 먹고살 수가 없었겠지. 아이는 키워주겠다, 호적에는 네 동생으로 올리겠다, 그 대신 너는 나가라, 두 번 다시 집에 돌아오지 마라,

그랬다는 거야."

"불쌍한 애한테 술을 얻어마셨군요."

다니엘의 말에 창 아저씨는 한숨을 쉬었다.

"그럴 줄 알았나. 그래도 그 녀석이 마냥 풀죽어 있지만은 않더라고. 열심히 일해서 돈 벌어 가게를 차리겠다고, 내가 오다가다 들르면 공짜로 술을 주겠다고, 내가 좋아하는 음악도 틀어주겠다고 하면서 어찌나 맑게 웃는지."

"그리고 그 약속을 지켰죠?"

"지켰지. 가게 열어놓고, 오가던 거지들이나 노숙자들이 들어오면 뭐라도 하나 먹이고 천 원짜리라도 쥐여서 보내고 그랬어. 자꾸 그래 버릇하면 그 사람들 또 온다고 주위 사람들이 말려도, 자기가 좋아하던 아저씨 생각이 나서 그런다며, 이제나저제나 나를 기다렸지."

"아저씨는 며칠 후에 쓰러지셨구요."

"민선이 만나고 이틀 후에 쓰러졌지. 내가 집 나오기 전에 유언장 써서 변호사한테 맡겼잖아. 혹시 싶어서 이렇게 되는 경우까지 전부 알려줬지. 그때야 진짜 이렇게 될 줄은 몰랐지만."

다니엘이 고개를 끄덕였고, 창 아저씨가 말을 이었다.

"원래 성격이 그랬어. 그렇게 살 수밖에 없는 내가 너무 싫어서 집 나와 떠돌아다닌 거고. 하나부터 열까지 너무 따졌지. 덕분에 물려받은 재산에 번 돈도 많았지만 결혼도 못 하고, 가족도 없고."

"돈은 엄청나게 버셨죠."

"그런데 민선이와 헤어지고 나서, 어린것이 혼자 뭘 해서 먹고사나, 애도 보고 싶을 텐데…… 그런 생각이 계속 나더라고."

"아저씨는 다른 사람한테 호의만으로 도움 주는 사람이 아니었잖아요."

"나한테 손 벌리는 인간들 딱 질색이었지. 죽을 때까지 상종 안 하지. 그런데 민선이가 자꾸 생각이 나. 그래서 변호사를 만나려던 참이었어."

"그러다 사고를 당하셨군요."

"……이러고 있으니 내 돈을 내 마음대로 할 수가 있나."

"……아시다시피, 제가 할 수 있는 일은 없어요."

다니엘의 말에 창 아저씨는 이미 알고 있다는 표정으로 그를 바라보았다.

"기도라도 해줘. 너무 고통받지 않게. 병원도 마음대로 드나들 수 없는 앤데……."

그리고 오래도록 고요한 침묵이 흘렀다. 나는 먼지들이 공기 중을 떠돌아다니다가 서로 부딪치는 소리까지도 들을 수 있을 것 같았다.

민선 언니의 아이는 다음 날 새벽에 죽었다. 아이가 죽었을 때, 민선 언니는 그 자리에 없었다. 뒤늦게 달려온 그녀는, 울지도 않고, 아이의 얼굴을 한참 동안 바라보았다. 차마 아이를 만져보지도 못한 채, 바라보고 또 바라보았다.

나도 눈물은 나오지 않았다. 죽음을 슬퍼하고 상심할 만큼 나는 아이에 대해 잘 몰랐기 때문이다. 민선 언니에 대해서도 별로 아는 게 없어서, 그녀의 마음이 얼마나 어떻게 부서지고 있는지 짐작할 수도 없었다. 그러나 창 아저씨를 보는 것은 좀 괴로웠다. 무슨 이야기를 해야 하는 건지, 어떤 표정을 지어야 하는 건지도 알 수 없었다.

"아무것도 묻지 마."

옥상에서 만난 다니엘은 나를 보자마자 그렇게 말했다.

"말했지. 내 소관이 아니라고."

알고 있었다. 여전히 이해할 수는 없었지만, 이미 들은 이야기니까.

"그 아이, 좋은 곳으로 갔겠죠?"

내 말에 다니엘은 화가 난 듯한 표정으로 나를 바라보았다.

"그 아이에게 가장 좋은 곳이 어딘지는 아무도 몰라."

왜 그가 화를 내고 있는 건지는 몰랐지만, 나도 화가 났다. 나는 그냥 그렇게라도 위로받고 싶었던 건데, 아니 스스로 위안을 삼고 싶었던 건데, 다른 사람도 아니고 천사에게 거절을 당한 거였다.

"그 아이가 영원히 사실을 몰랐던 거, 차라리 잘된 거 아닌가요? 만약 알았다면, 민선 언니를 원망했을지도 모르잖아요?"

"그럴까? 그 아이는 태어난 이후 한 번도 민선이를 만난 적이 없어. 존재 자체도 몰랐지. 만약 너라면, 어땠을 것 같아? 혹은 그 아이가 만약, 무이라면?"

"창 아저씨, 괜찮을까요?"

차가운 바람이 머리카락을 마구 흩뜨려놓았지만, 나는 무이 오빠가 내 표정을 보지 못해서 다행이라고 생각했다. 나는 여전히 화가 나 있었고, 누구를 원망해야 할지 몰라서 울고 싶을 지경이었다.

"글쎄. 나도 잘 모르겠어. 누군가를 진심으로 좋아한 것도 처음이고, 그 사람의 불행 때문에 고통을 받은 것도 처음이실 테니까. 괜찮지는 않겠지."

우리는 잔디밭에 나란히 앉아 긴 하루가 끝나가는 모습을 바라보았다.

"다니엘은…… 모든 진실을 다 알고 있죠?"

"그래. 하지만 우리가 모르고 있는 진실은 우리에게 얘기해줄 수가 없어."

"들었어요. 다른 사람의 과거에 대한 질문은 하면 안 된다고……."

나는 문득 깨달았다. 다니엘이 이야기한 '다른 사람'이란 바로 무이 오빠였던 것이다. 그러나 그때까지도, 난 무이 오빠의 과거와 나의 과거가, 그의 미래와 나의 미래가 연결되어 있다는 사실을 알지 못했다. 우리의 운명이 어디로 가고 있는지도 몰랐다. 부모가 어떤 사람인지 모르는 것이 차라리 좋은 일인지, 혹은 태어나자마자 고아원에 맡겨버린 부모라도 다시 만나고 싶은 것인지, 무이 오빠는 어떻게 생각하고 있는지도 묻지 못했다.

내 앞에는 마지막 순간이 되어야만 열리는 크고 단단하고 거대한 문이 하나 서 있었고, 그 문 뒤에는 삶 아니면 죽음이 있었다. 그리고 나를 둘러싼 세계는 점점 죽음과 가까워지고 있었다.

story no.5

전해지지 않은 마음

"처음부터 그런 사람은 아니었어요. 내가 그를 그렇게 만들었다는 거, 나도 알고 있어요. 하지만 아무리 그래도, 나한테 이렇게까지 할 수는 없는 거잖아요."

그녀는 대학교 2학년이었다. 이틀 전 밤, 가슴에 과도를 꽂은 채 응급실로 실려왔다. 끝내 의식을 회복하지 못하고 우리, 유령의 세계로 편입된 그녀의 이름은 수아. 수아를 그렇게 만든 사람은 그녀의 학교 선배였다.

산소호흡기에 의지하여 삶을 유지해야 하는, 산 것도 아니고 죽은 것도 아닌 영혼이 되었다는 이야기를 듣고 수아는 마구 화를 냈다. 나이가 비슷하다는 이유로 수아에게 '너는 당분간 유령으로 살아야 해'라는 말을 해주기로 되어 있었던 나는, 덕분에 그녀가 내던지는 온갖 물건들을 몸으로 받아내어야 했다. 물론 아프지는 않았다. 아픔을 느낄 수 없는 몸, 허상만 있는 몸, 그것이 지금 나의 몸이니까.

나는 수아를 달래기 위해 무슨 말이든 해야 했지만, 적절한 말이 떠오르지 않았다. 서투른 위로나 어설픈 동정은 오히려 그녀의 화를 더욱 부추기기만 할 테니까. 그때 옆에 있던 무이 오빠가 수아에게 물었다. 무슨 일이 있었던 거냐고. 그렇게 단도직입적인 질문을 해도 괜찮은 걸까 싶어 나는 숨을 멈추었고, 수아는 갑자기 조용해졌다. 나와 무이 오빠는 기다렸다. 갑작스러운 침묵 속으로 빠져든 수아가 말을 할 준비가 될 때까지.

수아는 아주 예쁜 아이였다. 크고 검은 눈동자에 어깨까지 흘러내려오는 부드러운 머리카락, 살짝 물기를 머금은 입술과 투명한 목소리, 영민하게 빛나는 눈동자도 그녀의 것이었다. 지금도 그렇지만 어릴 때부터 수아는 동네에서 가장 예쁜 아이, 학교에서 가장 예쁜 아이여서, 또래의 남자아이들은 물론이고, 선생님들까지 수아가 지나갈 때마다 뒤를 돌아보았다. 이제 수아는 두 눈을 꼭 감고, 핏기 없는 창백한 뺨을 한 채 침대에 누워 있지만, 그 모습조차 잠자는 숲 속의 공주처럼 숨이 막힐 듯 예뻤다.

수아가 처음 남자친구를 사귄 것은 고등학교 1학년 때였다. 수아가 다니던 학교에서 가장 멋진 남학생이 수아에게 데이트

신청을 했고, 곧 두 사람은 모든 아이들이 부러워하는 그 학교의 공식 커플이 되었다. 수아와 수아의 남자친구는 동화에 나오는 왕자와 공주처럼 행복했다.

"우리 이야기는 그대로 그렇게 끝날 줄 알았어요. 고등학교를 졸업하고 각자 다른 대학에 들어가긴 했지만, 여전히 같은 동네에 살았고, 그 사람보다 더 멋진 사람은 우리 대학에 없었거든요."

수아의 남자친구가 다니고 있는 대학에도 수아만큼 예쁜 아이는 없었다. 수아가 다니던 대학도 마찬가지였다. 그 사실을 잘 알고 있는 수아는 누구보다 철저하게 자기관리를 했다. 그녀는 어릴 때부터 사람들의 시선과 관심을 받는 것에 익숙했기 때문에 부주의한 친절로 다른 사람의 오해를 살 만한 일은 결코 하지 않았다. 수아는 언제나 친절하게 사람들을 대했지만, 그녀의 친절에는 항상 분명한 선이 그어져 있었다. 가끔 그 선을 보지 못하는 사람, 보고도 못 본 척하는 사람에게는 친절하게 단도직입적으로 설명까지 해주었다. "미안하지만 당신에게 그런 감정은 전혀 없어요. 게다가 저에게는 이미 사랑하는 사람이 있고, 그 사람과 헤어질 일은 없을 거예요"라고.

하지만 수아와 수아의 남자친구는 동화 속 인물들이 아니었고, 운명은 그들을 시험에 빠뜨렸다. 그들을 시험대에 오르게 한 사람은 수아의 과 선배 D였다. D로 말하자면, 그다지 멋지다고 말할 수 있는 남자가 아니었다. 평범한 키에 평범한 외모, 평범한 집안에서 자라나 평범하게 하루하루를 살아가는 사람이었다. 그러나 D에게는 한 가지 비범한 구석이 있었는데, 그건 바로 D의 아버지가 수의사라는 것이었다. 다른 사람에게는 그다지 특별할 것이 없는 이력이었지만, 대학입학 선물로 아버지에게 강아지 한 마리를 선물로 받은 수아에게는 솔깃한 일이었다.

"그 선배는 어릴 때부터 아버지가 운영하는 동물병원에서 아픈 강아지, 고양이들과 어울려 놀곤 했대요. 간단한 응급처치법 정도는 다 알고 있었구요. 강아지를 처음 키우게 된 저는 자연스럽게 그 선배에게 여러 가지를 묻곤 했어요. 그 선배하고 다른 이야기를 한 적도 없었고, 또 그 사람이 너무 평범했기 때문에 좀 방심한 것도 있었어요."

바람이 차가워지면서 병원 잔디밭을 찾는 사람들은 눈에 띄게 줄어들었다. 휠체어를 타고 바람을 쐬기 위해 나오는 환자들도, 벤치에 앉아 잠깐 숨을 돌리는 보호자들도 사라진 지 오래였다. 그러나 유령이 되어 추위를 느끼지 못하는 우리는, 시들어버린 잔디 위에 앉아 수아의 이야기를 듣고 있었다.

어느 날, 학교에서 집으로 돌아간 수아는 자신을 반겨주어야 할 강아지가 사라졌다는 사실을 발견했다. 하필이면 가족들은 모두 외출 중이었고, 수아의 남자친구는 아직 수업 중이어서 전화를 받을 수 없었다. 수아는 D에게 전화를 걸어 도움을 청했고, 한달음에 달려온 그는 온 동네를 샅샅이 뒤져 슈퍼 휴지통 안에서 잡동사니를 뒤지고 있던 그녀의 강아지를 찾아냈다. D가 안고 온 강아지를 보았을 때 얼마나 기뻤는지를 설명하던 수아가 갑자기 입을 다물었다.

"마음에 걸리는 거라도 있어?"

무이 오빠가 물었고, 수아는 고개를 끄덕였다.

"이상해요. 강아지가 집에서 어떻게 빠져나갈 수 있었을까요? 분명히 현관도 대문도 잠겨 있었거든요. 게다가 그 애는 겁이 너무 많아서 산책을 할 때도 항상 무서워했어요."

"하지만 그때는 그런 생각을 못 했구나? 처음에는 걱정하느라, 나중에는 기쁜 마음에."

"네……."

수아의 크고 검은 눈동자에 불안함과 두려움이 떠올랐다. 무이 오빠는 괜찮다는 듯, 그녀의 잘못이 아니라는 듯, 그녀의 어깨를 가볍게 두드렸다. 나는 갑자기 수아가 미워졌다.

집으로 들어와 저녁이라도 먹고 가라는 수아의 말에 D는 괜찮다고 손을 내저었다. 수아는 그냥 보낼 수가 없다고, 어떤 식으로든 감사의 인사를 전하고 싶다고 했고, D는 보고 싶은 영화가 있는데 보여주겠느냐고 물었다. 수아는 영화를 같이 보러 가는 것보다 선물 같은 것으로 해결하고 싶었지만, 무엇이든 얘기하라고 했던 자신의 말을 뒤집을 수 없었다. 수아가 그 일을 남자친구에게 말하지 않았던 것은, 별것 아닌 일로 남자친구를 신경 쓰이게 하는 것이 싫었기 때문이다.

영화를 보고 나자, 저녁을 먹을 시간이 되었다. D는 자신이자주 가는 카페가 있는데, 스페인 요리를 아주 맛있게 하는 곳이라고 말했다. 거절을 할 이유가 없어서 수아는 그를 따라 대학로에 있는 작은 카페로 갔다. 음식을 주문한 D는 스페인 요리에잘 어울리는 셰리주가 있는데 한잔 마셔보라고 권했다. 카페의이국적이고 로맨틱한 분위기가 수아에게 세 잔의 셰리주를 마시게 했다.

"믿을 수 없었지만, 그 선배와 같이 저녁을 먹고 이야기를 나누는 게 무척 즐거웠어요. 그때까지 남자친구 외의 다른 남자와그런 시간을 가져본 적이 없어서 신선했던 건지도 몰라요. 무엇보다 그 사람은, 그 선배는, 내가 무슨 말을 하기도 전에 나를 다이해하고 있다는 것이 신기했어요."

집으로 돌아온 수아는, 다른 남자와 영화를 보고 저녁을 먹으며 셰리주를 세 잔이나 마신 이야기를 남자친구에게 할 수 없었고, 그 결과 두 사람의 만남은 은밀해져버렸다.

"그 선배도 알고 있었어요? 수아 씨한테 남자친구가 있다는 거."

내 말에 수아는 고개를 끄덕였다.

"자기는 연인이 되고 싶은 게 아니라고 했어요. 곧 입대를 해야 하기 때문에 여자친구를 만들 수도 없다면서요. 나한테 아무것도 바라는 것이 없으니까, 그저 자기와 같이 있는 시간이 즐겁다면 가끔 만나 이야기나 하자고 그랬어요."

여러 남자의 구애를 받아온 수아가 그런 이야기를 의심하지 않고 쉽게 믿을 리는 없었다. 하지만 D의 태도는 한결같았다. 한 달이나 두 달에 한 번 수아를 데리고 맛집을 찾아가 맛있는 것을 함께 먹었고, 두세 번에 한 번쯤 좋은 공연을 보여주었다. 너무 늦지 않은 시간에 수아를 데려다주었고, 밤늦은 시간에 전화를 한다거나 불쑥 집으로 찾아온다거나 하는 일도 없었다. 그렇게 몇 달이 지나가자, 수아는 D야말로 자신이 믿을 수 있는 유일한 선배라고 생각하게 되었다.

그 일은 수아가 전혀 예상치 못한 상황 속에서 갑자기 일어났다.

어느 날, 약속장소에 D가 나타나지 않았다. 전화를 걸어보았

지만 D는 받지 않았다. 그런 일은 한 번도 없었기 때문에 수아
는 걱정이 되었다. 그러고 보니 며칠 동안 학교에서 그를 본 적
이 없었다는 사실이 기억났다. 식당에서나 도서관에서나 교정에
서 하루에 한 번 정도는 마주치곤 했는데, 이상한 일이었다. 딱
히 물어볼 사람도 없어서 수아는 D를 찾아가보기로 했다. 그의
집에 가본 적은 없지만, 그가 살고 있는 곳이 어딘지는 알고 있
었다. 지방에서 올라온 D는 학교 앞에 있는 오피스텔에서 혼자
살고 있었고, 언젠가 지나가는 말로 919호가 자신의 집이라고도
했다.

"우연히도 제 생일이 9월 19일이어서 호수를 기억하고 있었
거든요."

수아의 말에 무이 오빠는 고개를 갸웃거리며 무엇인가 말을
할 듯하다가 입을 다물었다.

"벨을 눌렀는데, 처음에는 아무 소리도 들리지 않았어요. 서
너 번쯤 다시 누르다가 집에 없나보다, 포기하고 막 돌아서려는
데 문이 열리고 그 선배가 나왔어요. 굉장히 창백한 얼굴이었어
요. 너무 아파서 꼼짝도 할 수 없었다고 하면서, 물 한 통만 사다
줄 수 있느냐고 물었어요."

수아는 D에게 증세를 묻고, 물과 죽, 그리고 약을 사서 다시
그의 오피스텔로 갔다. D는 침대 안에서 수아가 사다준 죽을 먹

고, 물을 마시고, 약을 먹었다. 혼자 먹는 것이 미안하다며 냉장고에 오렌지주스가 있으니 꺼내서 마시라고 수아에게 권했다. 주스를 마시고 수아는 잠이 들었다.

"눈을 떴을 때는 캄캄한 밤중이었어요. 나는 그의 침대 안에서 잠이 들어 있었고, 그는 의자에 앉아 나를 바라보고 있었어요. 그 사람은 내 손을 꼭 잡고, 나를 너무 사랑해서 어쩔 수 없었다고, 이제 자기 곁에만 있어달라고 하는데…… 난 너무 무서워서……."

수아는 울기 시작했다. 그다음 이야기는 무이 오빠도 나도 알고 있었다. 수아는 도망을 치려했지만 D가 그녀를 붙잡았다. 그때 창밖으로 비쳐들어온 희미한 빛 속에서 반짝이는 무엇인가가 보였고, 수아는 그것을 집어들었다. 식탁 위에 있던 과도였다. D가 그것을 빼앗으려고 달려들었고, 몸싸움이 벌어졌고, 칼에 찔린 것은 수아였다. 수아가 쓰러지자 망연자실해진 D는 한동안 주저앉아 있다가 앰뷸런스를 불렀다. 수아는 병원으로 실려왔고 D는 경찰서로 가서 자수를 했다. 그 모든 일들이 순식간에 일어났고, 끝났다.

수아의 남자친구는 병원에 딱 한 번 찾아왔다. 그는 수아의 부모에게 화를 내고, 함께 온 친구들에게 화를 내고, 의사와 간호사에게도 화를 내다가 돌아갔다. 수아는 다음 날에도, 그다음 날에도 그가 다시 와줄 것이라고 생각하며 기다렸지만, 그는 오지 않았다. 자신의 병실에서 한 발자국도 나오지 않은 채 꼼짝도 않고 누워 있는 자신의 몸을 바라보며 하루 종일 울고 있는 수아를, 그러나 나는 그냥 내버려두었다.

"좀 달래주는 게 어때?"

무이 오빠의 말이 끝나기도 전에, 내 입에서는 "싫어요"라는 대답이 튀어나왔다. 나는 당황했지만, 무이 오빠는 더 이상 아무 말도 하지 않았다. 그는 다만 조금 슬픈 듯한 표정을 짓고 뒤돌아서서 가버렸다. 나는 수아에게 신경을 쓰고 있는 무이 오빠가 미웠다. 무이 오빠를 신경 쓰게 하는 수아가 미웠다. 그런 것에 신경을 쓰고 있는 나 자신이 미웠다. 무엇보다 수아가 예쁘다는 것이 싫었다. 예쁘다는 이유로 그녀를 싫어하고 있는 내가 더욱 싫었다.

"아무것도 안 할 거면, 나하고 나가자."

수아의 병실로 들어가지도 못하고 그 자리를 떠나지도 못한 채 서 있는데, 누군가의 목소리가 들렸다. 다니엘이었다.

"아무데도 가고 싶지 않아요."

"D한테 갈 거야."

"그런 사람, 만나서 뭐 하게요?"

다니엘은 이상하다는 듯이 나를 바라보았다.

"여러 가지로 이상하다는 생각, 들지 않아? 그 사람은 처음부터 모든 것을 계획하고 시작한 거야."

"그새 뒷조사를 한 건가요?"

이번에는 한심하다는 표정이 그의 얼굴에 떠올랐다.

"뒷조사 같은 거 할 필요도 없잖아. 수아 얘기만 들어도 뻔한 일인데."

"현관도 대문도 닫혀 있는데 겁 많은 강아지가 집에서 빠져나간 일이요?"

"그것도 그렇고, 그 사람이 살고 있는 집이 하필이면 919호라는 것도 수상해. 분명히 같은 오피스텔의 다른 곳에서 살다가 최근에 이사를 했을 거야. 아버지가 진짜 수의사인지 아닌지도 모르지. 어쨌든 가보면 알게 될 거야."

나는 수아의 이야기를 다시 한번 곰곰이 되짚어보았다.

"하지만 왜 그렇게까지……?"

"인간의 집착이라는 것이 얼마나 무서운 건지 넌 아직 모르지? 갖고 싶은 것이 있으면 그걸 차지하기 위해서 모든 방법과 수단을 동원하는 사람들이 있어. 대부분의 사람들은 급한 마음에 서두르다가 일을 망치지만, 간혹 치밀하게 계획을 세워 차근차근 실천에 옮기는 사람들도 있지. 그런 과정 자체를 즐기기도 하고. 하지만⋯⋯."

"하지만?"

"계획이 완벽하게 이루어지는 것처럼 보여도 결과는 예상할 수 없는 거야. 인간이 하는 일이란 게 원래 그런 거니까."

다니엘의 말대로 D의 계획은 일 년하고도 칠 개월에 걸쳐 치밀하게 준비되고 진행된 것이었다. 수아의 입학식 날 수아를 처음 본 그는 그날부터 수아가 도망칠 수 없는 덫을 놓기 위해 그녀의 과거를, 그녀의 행적을, 그녀의 취미를, 그녀의 일과를 조사하고 단계적으로 그녀에게 접근했다. 수아가 그에 대한 경계심을 버리고 완전히 그를 믿게 된 후에도 D는 쉽사리 수아에게 자신의 속내를 드러내지 않고 세 달을 더 기다렸다. 그러나 그토록 철저하고 완벽하게, 모든 경우의 수를 다 계산했던 그도 마지막 순간, 수아가 칼에 찔릴 것이라는 예상은 할 수 없었다. 차가운 감옥 속에서 이제 새삼스럽게 자신의 심장을 파고드는 극심한 후회 역시 그가 예상했던 결과는 아니었다.

어둠 속에서, D는 울고 있었다. 며칠째 아무것도 먹지 않은 데다 감정이 극도로 격앙되어 있어 곧 쓰러질 것이 틀림없다고 간수들은 수군거렸다. 경찰도 검사도 변호사도 의사도 그에게 제대로 된 이야기를 들을 수 없었다. 그의 입 밖으로 나온 말이라고는 그날 그 사건이 있었던 후부터 지금까지 단 한 마디, "미안하다"뿐이었다.

"그 사람, 진짜 후회하고 있나봐요."

병원으로 돌아오는 길에, 다니엘은 말이 없었다. 내가 말을 건네도 대답이 없었다. 그 대신 그는 자꾸만 시계를 들여다보았다.

수아의 병실 앞에서 걸음을 멈추고, 그가 내게 물었다.

"어떨 것 같아?"

"뭐가요?"

"너라면, 그 선배라는 사람, 용서해줄 수 있겠어?"

나는 고개를 저었다가 다시 끄덕였다. 그러다가 다시 세차게 고개를 흔들었다. '아뇨, 네, 모르겠어요'라는 대답이었다. 다니엘은 나의 대답에 대해 침묵했다. 내가 혼자 병실 안으로 들어섰을 때 수아는, 아니 수아의 영혼은 자신의 몸이 누워 있는 침대 곁에 서서 멍하니 허공을 바라보고 있었다. 그녀의 영혼은 금방이라도 공기 속에서 녹아버릴 듯 불안하게 떨리고 있었다. 수아는 나를 보자 희미하게 미소를 지으며 힘겹게 입을 열었다.

"나…… 부탁이 하나…… 있어요……."

그녀의 심장박동이 느려지고 있었다. 경보음이 울리고, 의사와 간호사가 달려왔다.

"그 사람한테…… 괜찮다고…… 나, 이렇게 되어버렸지

만…… 그래도 그때는 즐거웠다고…… 고마웠다고…… 전하
고 싶은데…….”

그리고 수아는 사라졌다. 유령의 세계에서조차 영원히 사라졌
다. 그녀가 사라진 자리에서, 나는 그녀의 투명한 눈물이 투명한
공기 속을 고요히 떠도는 것을 볼 수 있었다.

수아의 마지막 이야기를 D에게 전할 수 있는 방법 같은 건 없
다고, 다니엘은 잘라 말했다. 그가 섣부른 희망 같은 건 결코 주
지 않으리라는 건 알고 있었지만, 내 마음은 엄마를 잃은 아이처
럼 서러웠다. 이럴 때면 나는 사람이 아니라 유령이라는 것을,
굳이 실감하게 된다.

“장례식장에도 결국 나타나지 않았네요. 수아 남자친구란 사
람.”

내 말에 다니엘은 고개를 끄덕이고 말했다.

“그런데 D는 어떤 식으로 수아에 대한 모든 것을 알게 된 걸
까?”

“무슨 얘기예요, 그건?”

“수아의 남자친구한테 다른 여자친구가 있다고 해도, 그다지
놀랍지 않을 거란 얘기지.”

가슴을 망치로 맞은 사람처럼, 나는 멍해져서 그를 바라보았

다. 세상을 너무 속속들이 알게 된다는 것은 잔인한 일이다. 나무들이 그 잎을 모두 떨어뜨리고 추운 겨울의 바람을 온몸으로 받으며, 이제부터 한 계절 내내 서 있어야 한다는 것만큼이나.

나는 무이 오빠가 몹시 보고 싶어졌다. 그가 따뜻한 눈빛으로 나를 바라보며 따뜻한 목소리로 나를 향해 하는 이야기를 듣고 싶었다. 그러나 나의 터무니없는 심술과 질투는 그에게 실망을 안겨주었고, 그래서 나는 그를 찾아가 그의 위로를 구할 수가 없었다.

끝내 하고 싶은 말을 전하지 못하고 세상을 떠나버린 한 여자, 끝내 사랑하는 여자에게 용서를 받지 못하고 평생 후회 속에서 살아가야 하는 한 남자를 생각하면서 나는 조금 울었다. 어쩌면 지금 당장 무이 오빠를 만날 수 없다는, 지극히 이기적이고 단순한 슬픔 때문에 내가 울고 있는 것인지도 모르겠다고 생각하면서.

story no.6

예지몽을 꾸는 소년

"나, 누나 알아요."

어느 날 갑자기 뇌사상태에 빠져 유령의 세계로 편입된 것치고, 소년은 지나치게 명랑했다. 병원으로 실려온 그날 밤, 나를 보자마자 그는 반색을 하며 내 손을 잡고 흔들어댔다.

"나를? 우리가 만난 적이 있었니? 난 기억이 안 나는데."

"그럴 거예요. 그냥 나 혼자 아는 거니까."

소년은 어리둥절한 내가 재미있다는 듯이 푸훗 하고 웃음을 터뜨렸다. 그리고 더 이상 설명을 해줄 의사가 없다는 듯, 두 손을 내젓고 가버렸다.

"저 녀석."

등 뒤에서 낯익은 목소리가 들렸다.

"무이 오빠……."

수아의 일로 당치도 않은 심술을 부린 것이 기억나서, 나는 무이 오빠의 얼굴을 똑바로 볼 수가 없었다. 하지만 그는 여느 때와 다름없이 나를 향해 부드러운 미소를 지었다.

"나한테도 그런 소릴 하던데."

"저 애가요? 오빠도 안대요?"

"무슨 꿈이 어쩌고 하면서. 자기가 이렇게 되리란 것도 알고 있었다나."

"에? 그게 무슨 말이에요?"

"예지몽이라도 꾸나보지. 나도 그 이상은 몰라."

소년의 이름은 김혁, 고등학교 2학년이었다. 새벽 다섯 시에 아파트에서 뛰어내렸는데, 척추를 다쳐 뇌사상태에 빠졌다. 혁이가 왜 뛰어내렸는지, 그 이유에 대해서는 아무도 몰랐다. 가정불화도 아니고 학교성적 때문도 아니고 여자친구 문제도 아니라고, 혁이는 말했다.

"그럼 도대체 뭐 때문이야?"

궁금한 것이 있으면 어떻게 해서라도 알아내야 하는 미스터 모델이 줄기차게 따졌지만, 혁이는 생글생글 웃기만 했다.

"너 정말 성격 이상한 애다? 그런 것 좀 가르쳐준다고 어디가 덧나?"

열 받아서 얼굴이 빨개진 미스터 모델이 흥분하여 벌떡 일어서자, 무이 오빠는 웃으며 그의 팔을 잡고 다시 자리에 앉혔다.

"그런 걸 좋아하나봐."

무이 오빠는 찬찬히 혁이를 바라보며 말했다.

"다른 사람이 궁금해하는 거 말이야. 궁금하게 만들어놓고, 상대가 알고 싶어서 애태우는 걸 즐기는 거, 아냐?"

혁이는 그 말에도 별다른 대답은 않고, 어깨를 으쓱했을 뿐이었다.

"변태 같은 놈."

미스터 모델은 씩씩거리며, 더 이상 상대하기 싫다는 듯 자리에서 일어나 가버렸다. 그 모습을 물끄러미 보다가, 혁이는 너무나 즐겁다는 듯이 웃음을 터뜨렸다.

"그런데 말이에요, 무이 형과 소이 누나는 이런 상태가 된 후에 여기서 처음 만난 건가요?"

혁이의 말에 막 대답을 하려는데 무이 오빠가 가로막았다.

"글쎄. 네가 그렇게 나오니까 나도 별로 가르쳐주고 싶지 않은데."

"흠."

혁이는 잠깐 생각을 하더니 별것 아니라는 듯 다시 어깨를 으쓱하고 말했다.

"만나보고 싶었거든요, 유령들을."

의외로 순순히, 혁이는 자신의 이야기를 털어놓았다.

혁이는 어릴 때부터 남들과 다른 능력을 한 가지 가지고 있었다. 꿈에서 미래를 보는 것이었다.

"어디서 누구에게 어떤 일이 일어나는지, 꿈을 통해서 항상 알게 되는 거예요. 하지만 문제는, 그게 언제인지를 모른다는 거죠. 오늘 꾼 꿈이 내일 실현될 수도 있지만, 일 년이나 삼 년, 또는 십 년 후에 현실이 되는 경우도 있어요. 순서대로 일어나는 것도 아니고. 그러니까 별로 도움이 되는 능력은 아닌 거죠."

"구체적으로 어떤 꿈인데?"

나는 가능하면 그다지 궁금하지 않은 사람처럼 보이기 위해, 일부러 한 박자를 쉰 다음에 질문을 던졌다.

"그게, 대단한 것도 아니에요. 어떤 회사의 주식이 올라간다거나, 어디가 재개발되어 갑자기 땅값이 치솟는다거나, 그런 걸 알면 좋을 텐데. 저 같은 경우에는 대체로 관계에 관한 거예요. 예를 들면 어떤 사람이 어떤 사람하고 친해진다거나, 멀어진다거나, 싸운다거나, 좋아하게 된다거나, 그런 거. 친한 친구 두어 명에게 말했더니, 좋아하는 여자애랑 자기가 어떻게 되는지 알려달라고 하더라구요. 그런데 내가 원한다고 해서 그 애들이 꿈

110

에 나타나는 건 또 아니거든요. 그래도 친구들 부탁이라 의식적으로 생각을 계속했더니, 꿈에 나오긴 했어요. 한 친구는 여자애랑 놀이공원에 가서 재미있게 놀고 있었고, 다른 친구는 좋아하는 여자애가 선물을 받아주지 않아서 실망하고 있었어요."

"그게 현실로 이루진 거구나?"

"이루어지긴 했죠. 한 달쯤 후에 한 친구는 여자애랑 놀이공원에 가게 됐어요. 재미있게 놀았는데 문제는 그다음 날이었죠. 무슨 이유 때문인지 그 여자애가 친구에게 그만 만나자고 했어요. 내 꿈이 맞긴 하지만, 그건 그냥 미래의 한순간일 뿐이에요. 미래의 미래라는 건 계속 바뀌는 거니까 좋았다가 나빠질 수도 있는 거죠."

"그럼 다른 친구는 어떻게 됐어?"

"호호. 그 친구는 내 말을 듣고는 여자애한테 선물을 주지 않았어요. 원래는 선물을 주면서 고백할 작정이었거든요. 그랬는데 여자애 쪽에서 먼저 고백을 했어요. 그다음부터 다른 사람에 관한 꿈을 꾸어도 얘기는 하지 말자고 결심했죠."

혁이는 말을 멈추고, 이야기를 더 할까 말까 고민하는 듯했다. 아무것도 묻지 말고 기다려보자는 의미의 눈짓을, 무이 오빠와 나는 혁이 몰래 주고받았다. 잠시 후에 혁이가 먼저 입을 열었다.

"꽤 자주 내가 유령이 된 꿈을 꿨어요. 내 몸은 뇌사상태에 빠져 침대에 가만히 누워 있는데, 나는 자유롭게 돌아다니는 거죠. 그런 꿈을 여러 번 꾸었더니, 그런 경험을 빨리 해보고 싶어지는 거예요. 어차피 하게 될 경험이고, 게다가 난 할아버지가 될 때까지 죽지는 않을 거니까. 꿈에서 할아버지가 된 내 모습을 본 적이 있거든요. 그래서 뛰어내렸어요."

혁이는 잠깐 말을 멈추고 무이 오빠와 나를 찬찬히 바라보았다.

"내가 유령이 되는 꿈에서 형이랑 누나가 나왔어요. 내 얘길 들었으니까 형 이야기도 해주세요. 형하고 누나는 병원으로 실려오기 전에는 서로 몰랐어요?"

"몰랐어."

무이 오빠가 말했다.

"……그래요? 둘이 굉장히 친해 보이긴 했는데, 친한 것 말고 뭔가가 더 있었거든요."

나는 그게 뭐냐고 물어보고 싶었지만, 무이 오빠는 조용히 자리에서 일어났고, 혁이도 의미심장한 미소를 지으며 입을 다물었다.

다니엘과 창 아저씨는 혁이의 이야기를 듣고도 전혀 놀라지 않았다. 서로 마주 보고 조금 웃었을 뿐이다.

"천사들이란 원래 놀랄 일도 없고 궁금할 것도 없겠지. 다 아니까 말이야."

창 아저씨는 그렇게 말했다.

"아저씨 나이쯤 되면 놀랄 일도 궁금할 것도 없겠죠. 세상은 알면 알수록 모르는 것투성이라 새삼 뭘 알려고 하지 않을 테니까요."

다니엘의 말에 창 아저씨는 웃음을 터뜨렸다.

"한때는 이 세상의 모든 것에 대해 확신을 가지고 있었지. 그런데 혁이처럼 이 생활에 빨리 적응하는 애는 처음 봤어. 별로 불만도 없어 보이고. 역시 자기가 다시 깨어날 거라고 믿기 때문이겠지?"

창 아저씨의 말에, 다니엘은 아무 대답도 하지 않았다.

"혁이는, 이런 생활이 좋대요. 시험공부 안 해도 되고, 학교 안 가도 되고."

내 말에, 창 아저씨는 빙그레 미소를 지으며 말했다.

"그런데 무이하고는 화해를 했나보구나. 소이 너, 표정이 밝은 걸 보니."

"화해는요. 싸운 적도 없는데…… 근데요, 창 아저씨, 혁이는 꿈에서 뭘 본 걸까요? 무이 오빠와……."

"무이와 너에 대해서? 직접 물어보지 그래?"

"그게…… 안 가르쳐줘요. 치사하게. 협박도 안 통하더라구요."

"그 나이 때는 겁나는 게 없지. 안 그래요, 아저씨?"

"난 겁나. 전부 다 겁나. 어찌나 겁이 나는지, 민선이네 가게에도 못 가고 있어. 다니엘, 어때? 같이 가줄 거야?"

"씩씩한 아가씨예요. 가게 문, 그대로 닫나 싶었는데."

창 아저씨와 다니엘이 민선 언니 가게로 간 후에도, 나는 한참 더 그곳에 앉아 있었다. 이상한 일이었다. 창 아저씨와 다니엘은 그렇다 치고, 무이 오빠는 어째서 궁금해하지 않는 것일까? 나와의 관계 같은 건 어떻게 되어도 상관없다고 생각하는 걸까? 생각이 거기에 미치자 심장이 조금씩 아파왔다. 이상한 일이었다. 이런 몸이 되어버렸는데, 아직도 심장에 아픔이 느껴지다니.

병원 옥상에서 혁이는 그림을 그리고 있었다. 어디서 났는지 손에 분필을 들고 바닥에 낙서 비슷한 것을 하느라 꽤 열중한 모습이었다.

"어, 누나. 이거 진짜 재밌어요. 그리자마자 사라지잖아요."

"그래. 우리 유령들과 접촉한 것들은 바로 유령의 특질을 갖게 되니까, 사물의 본질만 빠져나온 다음에 바로 복원이 되는 거야. 그런데 뭘 그리고 있어?"

"예전에 꾸었던 꿈이요. 유령이 되기 전에는 항상 노트에다가 그렸거든요. 그렇게 그린 노트가 수십 권은 될 거예요. 지금도 내 침대 옆에 몇 권 놓여 있을 텐데."

"그래, 봤어. 너희 어머니가 가져다두신 거지? 너한테 제일 중요한 거라고."

"꿈에서 미래를 보는 능력을 엄마한테 물려받았거든요. 이 세상에서 나를 이해하는 유일한 분이에요."

혁이가 의식을 잃고 병원에 실려왔을 때, 혁이의 어머니가 의외로 담담했던 이유를 그제야 알 것 같았다.

"소이 누나. 나한테 뭐 물어보려고 왔죠?"

그림 그리던 것을 멈추고, 혁이가 나를 빤히 바라보았다.

"……그래. 하지만 네가 가르쳐줄 거라는 기대는 별로 안 해."

"가르쳐주고 싶어도, 말할 게 별로 없어요. 난 꿈에서 미래를 보지만, 과거는 볼 수 없거든요. 누나가 알고 싶은 건 과거 아니에요?"

"과거? 왜 그렇게 생각해?"

의외의 말에 나는 좀 당황했고, 혁이는 자신도 잘 모르겠다는 듯 고개를 흔들었다.

"그냥 그럴 것 같아서. 내 꿈 이야기를 듣고 싶다면 얘기해줄게요. 딱히 상대가 궁금해하는 걸 즐기는 스타일은 아니에요. 그냥 안 믿어줄 것 같아서 말을 안 하는 거지."

"믿어. 너도 알잖아."

"첫 번째 꿈은 아주 어렸을 때 꾸었는데, 내가 병원에 실려 오는 거였어요. 유령이 되어서 처음으로 만난 게 소이 누나고. 그 일은 며칠 전에 일어났죠. 두 번째 꿈은 바로 지금이에요."

"지금?"

"여기 옥상에서, 나는 그림을 그리고 있고, 누나가 나를 찾아온 거죠. 누나가 뭔가 설명을 해줬는데, 그때는 접촉이니 특질이니 본질이니 복원이니, 그런 말을 몰라서 무슨 소린지 알아듣진 못했어요. 세 번째 꿈에는 내가 나오지 않고, 누나와 무이 형이 있었어요. 누나가 울면서 무이 형에게 무슨 말을 하고 있었어요. 사이렌 소리가 들렸고요."

"울어? 내가?"

그건 불길하잖아, 나는 생각했다.

"응. 그런데 무이 형은 누나를 달래주지 않고, 그냥 가버렸어요. 누나, 되게 슬퍼 보였는데."

"……그리고?"

"작은 운동장이 있고, 뒤로 낡은 건물이 있고, 아이들이 놀고 있었어요. 학교는 아닌데 어딘지는 몰라요. 누나가 무이 형의 손을 꼭 잡고, 굉장히 겁을 내면서 그곳으로 들어서고 있었어요.

그런데 내가 말했죠? 그게 언제 일어날 일인지, 어느 쪽이 먼저 일어날 일인지는 모른다고."

"또 있어? 다른 꿈?"

"예. 여기 오기 며칠 전에요. 무이 형과 누나가…… 헤어져요."

혁이는 더 이상 말을 할 수 없다는 듯 입을 꼭 다물고 나를 바라보았다. 나 역시 더 이상 물어볼 수가 없었다. 영원히 이런 생활이 지속될 거라고 생각하진 않았다. 언젠가 운명이 무이 오빠와 나를 갈라놓으리라는 것도 잘 알고 있다. 하지만 그 이별은 어떤 형태를 띠고 우리에게 올까? 어떤 식이든, 나에게 상처를 남기지 않을 수는 없겠지. 나는 이미 무이 오빠를 사랑하게 되어버렸으니까.

참으로 한심한 일이었다. 나는 내 마음속에서 자라나고 있는 이 감정이, 내 인생에서 딱 한 번밖에 없을 밀도 백 퍼센트의 치열하고 순수하고 완전한 사랑이라는 것을 본능적으로 알고 있었다. 그런 사랑이, 가장 나쁜 상황에서 가장 나쁜 방식으로 시작되어버린 것이다. 게다가 무이 오빠나 내가 뇌사상태에서 깨어나기라도 하면, 깨어난 쪽은 상대를 까맣게 잊어버리고 말 것이다.

"기억을 하고 있다는 건 좋은 거야. 그게 아무리 아프더라도 말이지."

민선 언니의 가게에서 돌아온 창 아저씨는 그렇게 말했다.

"다니엘, 자네도 알고 있었지? 민선이네 방에 있던 커다란 상자. 아이 옷이며 신발이며 장난감이며, 그런 게 잔뜩 들어 있었잖아. 아이가 그렇게 죽고 나서, 민선이는 몇 번이나 그걸 내다 버릴까 하다가 말고, 버릴까 하다가 말고, 그랬을 거야. 그런데 그걸 아직 가지고 있어서, 난 좀 안심했어."

"언제 또 방에는 들어가보셨어요?"

다니엘은 신문지로 얼굴을 덮고 벤치에 누운 채 그렇게 물었다. 창 아저씨가 뭐라고 대답을 하려는데 미스터 모델이 허겁지겁 뛰어왔다.

"창 아저씨! 다니엘! 어? 소이도 있었네? 좌우지간, 그게 문제가 아니라, 얘기 들었어요?"

우리가 동시에 그를 바라보자, 미스터 모델은 우리 앞으로 바싹 다가와서 잔뜩 빼기는 듯한 목소리로 말했다.

"그 아이, 혁인지 뭔지 잘난 척하던 애, 깨어났대요. 수술이 잘됐다나."

2주 동안의 물리치료를 받은 후, 혁이는 퇴원을 했다. 침대 옆에 있던 꿈을 그린 노트들을 소중하게 챙겨들고, 그는 집으로 돌아갔다.

"용케 안 봤네, 그 노트들."

혁이가 퇴원하고 난 후 텅 빈 병실의 침대에 앉아, 그 아이는 깨어난 다음 여기서 어떤 꿈을 꾸었을까, 생각하고 있는데 다니엘이 들어왔다.

"몇 번이나 보려고 했는데, 겁이 났어요."

"그 아이의 꿈이라고 해서 반드시 현실이 되는 건 아니야. 너도 들었잖아. 혁이 친구 하나는, 꿈 이야기를 듣고 좋아하는 여자아이에게 선물을 안 줬다면서. 그리고 너도 알겠지만, 미래를 안다는 건 썩 좋은 일이 아니지."

나는 다니엘을 향해 미소를 짓고 얌전히 고개를 끄덕였다. 다니엘이 나간 후, 나는 침대 아래에 떨어져 있는 한 장의 종이를 발견했다. 그것이 혁이의 노트에서 뜯어낸 종이라는 것을 내가 알아차리기도 전에, 내 눈은 종이 위에 그려진 그림을 보고 있었다.

병원 응급실이었다. 앰뷸런스가 서 있고, 사람들이 급히 누군가를 옮기고 있었다. 그들 사이로, 무이 오빠와 나의 모습이 보였다. 우리는 멍한 얼굴을 하고, 이제 막 앰뷸런스로 실려온 사람을 바라보고 있었다. 그 사람은 무이 오빠의 여자친구, 수영 언니였다.

혁이가 남긴 한 장의 그림 이야기를 무이 오빠에게 하면서, 나는 결국 울음을 터뜨렸다. 수영 언니가 불쌍하다거나 무이 오빠의 마음이 아플 거라거나 그런 생각 때문이 아니라, 오빠와 나 사이에 수영 언니라는 존재가 이런 식으로 끼어드는 게 싫어서, 분해서, 참기 힘들어서 바보 같은 눈물을 흘렸던 건지도 모른다. 그리고 내가 말을 다 끝내기도 전에, 요란한 사이렌 소리가 들려왔다. 무이 오빠가 달려갔다. 나는 그것이 무이 오빠와 나에 관한 혁이의 세 번째 꿈이라는 사실을 깨달았다.

잠시 후, 나와 무이 오빠는 교통사고를 당해 의식을 잃고 병원으로 옮겨진 수영 언니의 몸을 바라보고 있었다. 수영 언니의 영혼은 아직 무슨 일이 일어났는지 알지 못한 채, 자신의 몸 옆에 우두커니 서 있었다.

"……수영아."

마침내 무이 오빠가 수영 언니를 불렀다. 수영 언니가 천천히 몸을 돌렸고, 무이 오빠를 발견했다.

"……기도를 들어주신 거야…… 너를 만나다니……."

수영 언니는 당황해하지도 않았고 놀라지도 않았다. 무슨 일이 벌어졌는지는 그녀에게 중요하지 않았다. 그녀는 단지 무이 오빠가 지금 자신의 눈앞에 있다는 사실에만 반응했다. 무이 오빠는 수영 언니를 꼭 끌어안았고, 수영 언니의 뺨에서는 기쁨의 눈물이 흘러내렸다.

두 사람을 보지 않기 위해 올려다본 하늘에 슬픈 얼굴을 한 초승달이 조그맣게 떠 있었다.

story no.7
천국에도 비가 오나요

단 한 번도 드라마틱한 삶을 꿈꾸었던 순간은 없었다. 내 인생은 단조롭고 심심했지만, 딱히 불만이 있는 것도 아니었다. 매일 밤 잠자리에 들 때마다 내 눈앞에서는 하나의 문장이 떠올랐다 사라졌다.

'특별히 좋은 일은 일어나지 않았지만, 나쁜 일도 없었던 하루였다.'

나는 그것으로 족하다고 생각했고, 더 이상 욕심을 내려고 하지도 않았다. 열정 같은 건 나에게 어울리지 않았다. 그 정도면 웬만한 대학, 그 정도면 웬만한 남자친구, 그 정도면 웬만한 성적, 그 정도면 웬만한 인생이었으니까. 과도한 욕망이라거나 지나친 꿈 같은 건 나에게 맞지 않은, 너무 큰 옷처럼 불편했다. 나는 그저 그 정도로 살다가 그 정도로 죽고 싶었다. 그러니까 어느 날 갑자기 교통사고를 당하여 식물인간이 되는 일 같은 건, 결코 내게 일어날 수 없었던 기묘한 사건이었다. 게다가 나는 죽은 것도 산 것도 아닌 채 떠돌아다니고 있었다. 그리고 가장 나쁜 시기에, 가장 나쁜 방법으로 나는 사랑이라는 것을 시작해버렸다. 가장 어이가 없는 것은 내가 무이 오빠를 사랑하고 있다는 것을 깨닫자마자 오빠의 여자친구인 수영 언니가 우리 사이에 끼어들었다는 것이다. 아니, 두 사람의 입장에서 보자면, 끼어든 것은 오히려 나라고 해야 할 것이다.

낮에는 보험일을 하고 밤에는 대리운전을 하면서 무이 오빠의 병원비를 대고 있던 수영 언니는, 그날 밤에도 술에 취한 사람을 대신해 운전을 하다가 사고를 당했다. 상대방은 중앙선을 침범해 수영 언니가 운전하던 차를 들이받고 달아나다가 다시 가로등과 정면충돌을 하고서야 멈췄다. 수영 언니가 태우고 가던 사람은 뒷좌석에 앉아 있었는데, 운 좋게도 몇 군데 타박상만 입었다. 그러나 수영 언니는 중태에 빠졌고, 응급실에서 곧장 수술실로, 다시 중환자실로 옮겨졌다. 그녀의 몸이 의식을 잃고 침대에 누워 있는 동안, 그녀의 영혼은 몸에서 빠져나와 무이 오빠를 만난 것이었다. 그리하여 나는 뜻하지 않게 삼각관계의 한 축이 되어버렸다. 물론 나 혼자 그렇게 생각한 것이지만.

"이 아이는 소이라고 해."

무이 오빠가 수영 언니에게 나를 소개하자, 그녀는 잠깐 동안 곰곰이, 나를 통해 뭔가를 알아내려는 사람처럼 내 눈을 응시했다.

"안녕……하세요."

나는 얼떨결에 그렇게 말하고, 금방 후회했다. 이제 막 사고를 당한 사람에게 안녕하냐고 물어보는 건 말이 안 되잖아 싶었지만 그 상황에 적절한 다른 인사말을 딱히 떠올릴 수가 없었다. 나는 몹시 난감했고, 화가 난 것처럼 보였을지도 모른다. 당황하여 꾸벅 인사를 하고 급히 돌아서는데, 등 뒤에서 무이 오빠가 뭔가 속삭이는 소리가 들렸다. 무슨 말인지는 몰라도, 오빠의 말을 듣고 수영 언니가 작게 웃었다. 나는 소외당했다는 기분이 들었고, 수영 언니가 없었던 시간으로 돌아가고 싶어졌다. 적어도 이 세계에서만은, 나와 무이 오빠의 사이를 방해하는 사람은 없었으면 했다. 갑자기 찾아와 나를 지배하는 욕망이 나는 몹시 낯설었고, 어쩐지 자꾸만 갈증이 났다. 영혼만 남은 내가 갈증을 느낀다는 건, 영혼만 남은 내가 누군가를 사랑하고 그래서 누군가를 질투하는 것만큼이나 이상한 일이었다.

겨울에서 봄으로 넘어가는 계절에 내리는 비는 무겁고 차다. 빗방울은 대기중에 남아 있는 겨울의 찬 공기를 끌어안고 땅으로 스며든다. 구름 아저씨는 휴게실 창가에 기대어 내리는 빗줄기를 바라보고 있었다.

그는 예순을 훨씬 넘긴, 일흔에 가까운 나이였지만 우리는 그를 아저씨라고 불렀다. 할아버지라고 하기에는 미안할 정도로 젊어 보였기 때문이다. 아저씨는 스무 살이 되던 해에 집에서 나와 사고를 당하기 직전까지 여행을 다녔다. 아무 곳에나 가서 아무 일이나 닥치는 대로 하며 살다가 어느 날 홀쩍 또 다른 곳으로 떠나는 여행자의 삶이었다. 그는 평생 동안 구름을 관찰했고 그것으로 일지를 썼다. 일지에는 구름의 사진과 함께 그 구름이 연상시키는 것들이 기록되어 있었다. 토끼를 닮은 구름이 집 모양을 한 구름을 향해 흘러가고 있다거나, 하얀 모자를 쓴 남자의 형상을 한 구름이 멀리서 다가오는 파도 같은 먹구름 속에 파묻혔다거나. 그러니까 그건 말하자면 구름에 대한 과학적인 기록이 아니라 지극히 사변적인 감상문 같은 것이었다. 의식을 잃고 유령의 세계에 편입된 후에도 그는 구름을 보며 우리들에게 여러 가지 이야기를 들려주었고, 그래서 우리는 그를 구름 아저씨라고 부르게 되었다.

그가 병원에 실려 온 것은 한 달쯤 전으로, 아프리카에서 갑자기 귀국한 직후 호텔에서 식사를 하다가 갑자기 쓰러져 의식을 잃었다고 했다. 의사들은 그가 쓰러진 이유를 알지 못했고, 한 달 동안의 검사에도 불구하고 그의 병명을 찾지 못했으며, 앞으로도 병명을 알아내어 그것을 치료할 가능성은 희박하다고 조심스럽게 결론을 내렸다.

그를 돌봐주고 있는 사람은 그의 유일한 혈육인 여동생인데, 스무 살 이후 한 번도 만난 적 없는, 남이라고 해도 무관한 육십 대 초반의 아주머니였다. 여동생은 의사들의 의견에 따라 조만간 그의 산소호흡기를 제거할 것을 고려하고 있다고, 구름 아저씨가 내게 얘기한 것이 이틀 전이었다. 그와 내가 휴게실에서 창밖의 비를 바라보고 있는 동안, 그의 여동생은 장기기증협회에서 나온 사람과 이야기를 나누고 있었다.

"비가 줄기차게 오는구나."

"그러게요."

그가 나를 돌아보며 말을 걸었다. 구름 아저씨와 이야기를 나누면 항상 마음이 편안해졌다. 그가 떠도는 자들의 마음을 잘 헤아리는 사람이기 때문인지도 모른다. 우리는 삶과 죽음 사이의 세계를 떠도는 자들이니까.

"비 오는 날, 좋아하니?"

"네에?"

"난 꽤 좋아하거든."

구름 아저씨가 빙긋 웃으며 말했다. 문득 아저씨가 뭔가 이상한 이야기를 했다는 생각이 들었다.

"하지만 아저씨는 구름을 좋아하잖아요? 비가 오는 날에는 구름이 안 보이는데?"

구름 아저씨가 웃음을 터뜨렸다. 빗방울처럼 투명한 소리였다. 웃음을 그친 그는 고개를 갸웃거리더니, 가만히 나를 바라보며 말했다.

"아일랜드의 어느 시골 마을이었어. 그곳에서 태어나서 처음으로 사랑에 빠졌지."

"아저씨가요?"

나의 목소리가 한 옥타브 올라갔다. 구름 아저씨에게 여행 이야기를 들은 적은 여러 번 있었지만, 누군가와 사랑에 빠졌다는 이야기는 처음이었다. 그는 늘 입버릇처럼, 자신은 어디에도, 누구에게도 묶일 수 없는 자유인이라고 얘기하곤 했다.

"시골에 있는 작은 식당의 웨이트리스였어. 나는 스물세 살이었고 그녀는 서른세 살이었지. 그곳에 오는 모든 손님들이 그녀를 좋아했어. 항상 따뜻하고, 항상 친절하고, 누가 어떤 음식을 좋아하는지 전부 기억하고 있었거든. 우리는 그녀를 데이지라고 불렀어. 진짜 이름이 아니었을지도 모르지만, 그녀에게 더 이상 어울리는 이름은 없었지. 그녀가 너무 밝은 사람이어서 처음에는 몰랐어."

"뭘요?"

"데이지는 태어날 때부터 시력이 좋지 않았어. 성장하면서 점점 더 시력이 떨어졌고, 나를 만났을 때쯤에는 거의 앞을 볼 수 없는 상태였지. 하지만 그 식당에서 오래 일을 했기 때문에 무엇이 어디에 있는지 다 알고 있었고, 테이블이나 의자에 부딪히는 일도 없었지. 음식을 잘못 나르지도 않았고. 어느 날 점심시간을 놓쳐 조금 늦게 식당에 갔더니, 데이지가 혼자 늦은 점심을 먹고 있었어. 그래서 같이 앉게 되었지. 식사를 마치고 차를 마시는데, 데이지가 테이블 위에 놓인 내 카메라를 만지작거리더니 그러는 거야. 구름이 보고 싶다고."

"아."

"그날은 잔뜩 흐린 날이어서, 나는 그저 날이 개었으면 좋겠다는 이야기인가보다 했어. 하지만 그게 아니더군. 말 그대로 구름을 보고 싶다는 거였어. 그때부터 나는 데이지를 대신해서 구름을 보기 시작했어. 생각해보면 그때부터 데이지를 사랑하기 시작했던 거야. 하늘에 구름이 떠 있는 날이면 나는 데이지에게 달려가 이야기를 해주었어. 어떤 모양의 구름인지도 설명했지. 그러다가 사진을 찍게 되었고, 데이지에게 들려준 이야기를 일지로 쓰게 된 거야."

"그럼 내일 다시 오겠습니다."

휴게실 한쪽에서 구름 아저씨의 여동생과 이야기를 하던, 장기기증협회에서 나온 사람이 자리에서 일어섰다. 여동생은 지금 막 사인을 한 펜의 뚜껑을 닫으면서, 죄를 지은 사람처럼 고개를 숙였다. 저 사람이 내일 다시 온다는 건, 내일 아저씨의 산소호흡기를 제거한다는 의미일 것이다. 아저씨는 입을 다물었고, 나는 무슨 말을 해야 할지 알 수가 없었다. '괜찮으세요'라거나 '어떡해요'라거나 '힘내세요'라거나 그런 말들이 모두 지나치게 가볍고 우습게 여겨졌다. 나는 지금도 그런 상황에서 할 수 있는 적당한 말을 알지 못한다.

"소이라는 아이, 너 좋아하는 거 맞지?"

미소를 지으며, 수영 언니가 말했다. 무이 오빠의 병실 문이 조금 열려 있었고, 그 앞을 지나던 내가 우연히 그녀의 말을 들어버렸다. 아니, 우연은 아니었다. 두 사람이 그곳에 있다는 것을 알고 있었기 때문에 그 앞을 서성거렸다는 것이 사실이다. 나는 황급히 문 뒤로 몸을 숨겼다.

"나도 좋아해, 소이."

무이 오빠의 목소리에도 웃음이 묻어 있었다. 내 발 아래의 땅이 백 미터쯤 내려앉는 것 같았다.

"뭐야, 그렇게 순순히 인정하면 할 말이 없잖아. 내가 질투해야 하는 거야?"

"너, 질투 같은 것도 할 줄 알아?"

두 사람은 웃음을 터뜨렸다. 저런 상태가 되어서 뭐가 저리 좋을까? 내 속의 악마가 다시 고개를 들었다.

"나는 신경 안 쓴다 해도, 너는 신경 좀 써야 해."

수영 언니의 목소리가 조금 진지해졌다.

"뭘?"

"너, 예전부터 둔했잖아. 좀더 조심하지 않으면 상처 주게 된다구. 이쪽에서는 귀여운 여동생에게 잘해주는 거지만 그쪽에서는 너처럼 단순하게 생각하지 않는단 말이야. 소이, 예민한 나이잖아."

"그런가?"

나는 몸을 돌려 걸음을 옮겼다. 발끝에 천 톤쯤 되는 돌덩이가 매달려 있는 것 같았다. 귀여운 여동생. 처음부터 지금까지 줄곧 나는 무이 오빠에게 그런 존재였다. 앞으로도 그 이상의 관계가 될 가능성은 지극히 희박하다. 더구나 지금은 수영 언니가 그와 함께 이야기하고, 그와 함께 웃고, 그와 함께 하루를 보내고 있다. 두 사람 사이에 내가 끼어들 자리는 없다. 호흡이 가빠왔다. 내 몸에서 산소호흡기를 떼어내면 이런 느낌이 들까?

다음 날 새벽이 되어도 비는 그치지 않았다. 창 아저씨는 어디로 갔는지 보이지 않았고 미스터 모델은 처량한 표정을 하고 엑스레이실에 틀어박혀 있었다. '기분이 꿀꿀하니 건드리지 말라'라고 그의 얼굴에 씌어 있었다. 비가 오는 날이면, 유령들은 우울해진다. 가끔 들르던 가족들의 발길은 끊어지고 환자들의 신음소리는 높아지고 소독약 냄새는 더욱 진해진다.

구름 아저씨는 여전히 휴게실에서 창밖을 내다보고 있었다. 이제 몇 시간쯤 남은 걸까?

"아저씨…… 밤새 여기 계셨어요?"

나는 일부러 밝은 목소리를 내려 했지만, 그건 빗소리처럼 축축하게 가라앉았다. 아저씨는 나를 돌아보고 빙긋 웃었다.

"그 얘기, 하다 말았지? 듣고 싶어?"

"네."

나는 다소곳이 그의 옆자리에 앉아 그를 바라보았다. 그는 조금 지쳐 보였지만, 낙담하거나 절망한 모습은 아니었다.

"데이지에게 들려준 이야기를 일지로 쓰셨다는 얘기까지 하셨어요."

"그래. 그다음에 남은 이야기는 별로 없어."

"하지만…… 그 사람을 사랑하셨다면서요. 그런데 아저씨는 그곳을 떠나셨죠? 왜 헤어졌어요? 데이지가 아저씨의 사랑을 받아주지 않았어요?"

구름 아저씨는 천천히 창밖으로 시선을 옮겼다. 아저씨의 시간도 먼 곳으로 옮겨졌다.

"나는 매일 구름을 관찰하고, 사진을 찍고, 그녀를 찾아가고, 사람들이 모두 돌아가고 문을 닫은 식당에서 구름 이야기를 해주었지. 그녀는 이제 아무것도 볼 수 없는 눈을 반짝이며 내 이야기에 귀를 기울였어. 그리고 어느 날, 나는 용기를 내어 그녀에게 사랑한다고 고백했어. 데이지는 놀라지도 않고 고개를 끄덕이며, 자기도 나를 사랑한다고 그랬지. 나는 너무 기뻤고, 내일이라도 당장 결혼을 하자고 했어. 그런데 데이지는 그러면 안 된다고 그러는 거야."

"왜요?"

"나도 그렇게 물어봤어. 그랬더니 그녀는 내 손을 잡고 그렇게 말했어. 나는 당신을 통해 내가 보고 싶은 세상을 볼 수 있기 때문에 당신을 사랑하는 거예요, 그리고 당신은 내가 보고 싶은 세상을 내게 보여줄 수 있기 때문에 나를 사랑하는 거구요. 언젠가는 우리 둘 다 지겨워질 거예요…… 그래서 다음 날, 나는 짐을 꾸려 그곳을 떠나왔어."

"그럼, 데이지의 이야기가 맞았던 거예요? 아저씨는 그런 이유로 그 사람을 사랑한 거예요?"

"글쎄, 나도 잘 모르겠어. 지금도 사실은 잘 몰라. 하지만 그때는 데이지를 너무 사랑했기 때문에, 그 이야기가 진실이라고 생각했고, 그녀의 말에 따랐던 것뿐이야. 그 정도로 그녀를 믿었던 거지. 물론 그 후로 몇 번이나 다시 찾아가려고 했어. 후회도 많이 했고. 하지만……."

나는 구름 아저씨의 다음 말을 기다렸지만, 아저씨는 잠깐 쓸쓸한 미소를 짓고 이렇게 말했다.

"그때, 구름일지를 매일 기록할 때, 비가 오거나 구름 한 점 없이 맑은 날이면 나도 모르게 아, 오늘은 쉬어도 되는구나, 그런 생각을 하곤 했어. 데이지에게 이야기를 들려주는 건 기쁜 일이었지만, 가끔은 휴식이 필요했나봐. 뭐랄까, 해야 할 일이 하나도 없는 날의 조금 허전하고 느긋한 그런 기분, 당장 어디로 훌쩍 떠나도 괜찮을 그런 날을 나는 항상 원하고 있었던 건지도 몰라. 그런 게 나한테 가장 어울리는 거였지. 그런 날에는 종일 책을 읽다가 잠이 들곤 했어. 데이지에게 가는 것도 잊어버리고 말이야."

"그래서 차인 거예요, 아저씨는."

우리는 함께 웃었다.

"데이지는 언젠가 아저씨가 그 일에 싫증을 낼 거라는 것을 알고 있었던 걸까요?"

"싫증까지는 아니더라도, 내가 그렇게 착실하게 살 수 있는 사람이 아니란 건 알았을 거야."

"데이지는 아직도 그 식당에 있을까요?"

"살아 있다면 일흔이 넘었겠지. 하지만 내가 떠난 후 삼 년쯤 지난 다음에 세상을 떠났다더군. 우연히 네팔에서 그 식당과 데이지를 아는 사람을 만나서 이야기를 전해들었어."

"아…… 그럼, 그때 그렇게 헤어진 게 마지막이었어요?"

구름 아저씨는 대답 대신 창밖을 가리켰다. 어느새 비가 그치고, 햇살이 희미하게 창가로 스며들고 있었다.

그날은 신기할 정도로 고요한 날이었다. 점심식사 시간이 되었는데도 면회 오는 사람은 거의 없었고, 환자들은 병실 침대에서 잠을 자거나 텔레비전에 시선을 고정하고 있었다. 나도 내 병실에 틀어박혀 하늘에 떠 있는 구름을 보고 있었다. 더할 수 없이 맑은 날씨였고 갖가지 모양의 구름들이 하늘 위를 떠돌고 있었다.

오후가 되자 창 아저씨와 미스터 모델, 무이 오빠와 수영 언니가 나를 찾으러 왔다. 구름 아저씨가 산소호흡기를 떼기 전에, 마지막 인사를 하러 가자고 했다.

"그렇게 헤어진 게 마지막이냐고 물었지?"

구름 아저씨는 나를 보자 그렇게 말했다. 아저씨의 병실에는 의사와 간호사, 여동생과 장기기증협회에서 온 사람이 모여 있었다. 여동생이 그의 손을 잡고 기도를 하는 중이었다.

"나도 그렇게 생각했는데, 그게 아니었어. 곧 만날 거니까. 나를 보면 왜 그렇게 늙었느냐고 구박할걸. 데이지는 서른여섯에 죽었으니까."

"무슨 얘기야? 데이지가 누군데?"

창 아저씨가 나를 돌아보았고, 나는 구름 아저씨를 보았고, 아저씨는 고개를 끄덕이며 말했다.

"나중에 얘기해드려."

기도가 끝나고, 의사가 산소호흡기를 향해 손을 뻗었다.

"아저씨."

나는 이제 막 삶을 마치려는 구름 아저씨를 황급하게 불렀다.

"천국에도 비가 올까요?"

"글쎄. 그건 왜?"

"비가 오는 날에도 데이지와 같이 있을 거죠? 이젠 데이지에게 구름의 모양을 설명할 필요도 없을 테니까요."

구름 아저씨는 빙긋 웃고, 고개를 끄덕였다. 잠시 후, 그의 심장이 멎었고 그의 영혼은 우리 앞에서 사라졌다.

"그런데 구름일지라는 건 어디에 있는 거야? 얘기만 들었지, 그걸 본 사람은 아무도 없잖아?"

구름 아저씨와 데이지의 이야기를 듣고 난 후, 무이 오빠가 물었다.

"아아, 그거."

창 아저씨가 말했다.

"내가 가지고 있어."

우린 모두 깜짝 놀라 아저씨를 바라보았다.

"얘기 안 했나? 나 집에서 나와서 떠돌아다닐 때 산에서 구름 아저씨를 만났거든. 거기가 지리산이었나 설악산이었나, 어쨌든 그날 이런저런 이야기를 하다가 구름일지라는 걸 보여주더라고. 있는 돈 탈탈 털어서 술 사주고 얻었지."

"술 한잔에 그걸 팔아요? 그럼 지금 어디 있는데요?"

"금고에 넣어뒀지. 돈이 되는 물건은 아니지만 난 마음에 들었거든."

"그럼, 만약에⋯⋯."

무이 오빠가 무슨 말을 하려다가 입을 다물었다.

"내가 죽으면? 그럼 뭐 그대로 세상에서 사라지는 거지. 금고 안에 왜 이런 게 있지 하고 내다버리지 않겠나. 그건 그것대로 좋지 않아? 구름일지가 없어진다고 구름이 없어지는 것도 아니니까."

창 아저씨의 말이 맞다. 구름일지가 없어진다고 구름이 없어지는 건 아니고, 누군가와 영원한 이별을 한다고 해서 영원히 만나지 못하는 것도 아니다. 나는 아직 모르는 것이 너무 많은데 할 수 있는 것은 아무것도 없다. 우리의 삶은 어느 날 갑자기 누군가 다른 이의 의지에 의해 뚝 하고 끊어질지도 모르는 것이다. 누군가 산소호흡기를 떼어내고 마지막 호흡을 가져가버린다 해도, 우리가 할 수 있는 일은 없는 것이다. 누군가를 사랑하는 일이, 하루하루 삶을 지탱하는 일이 힘겨운 것은 우리가 살아 있기 때문일까? 구름 아저씨는 이제 평안한 마음으로, 저 희고 순결한 구름 위에서 데이지와 함께 미소를 짓고 있는 것일까? 일생에 단 한 번 있었던, 그러나 곧 놓쳐버렸던 그의 사랑은 결국 해피엔드였던 것일까? 마지막의 마지막의 마지막에라도, 나는 나의 사랑을 붙잡을 수 있을까?

구름 아저씨가 이제 막 도착했을 저 높은 곳에서도, 가끔 심장 속까지 스며들 것 같은 무겁고 차고 투명한 비가 내리는 것일까?

story no.8

농담이에요

"잘생겼지, 몸 좋지, 정신과 의사지. 게다가 남자의 매력이 절정에 달하는 서른셋! 누구에게나 가능성 열려 있는 싱글! 게임 끝난 거지!"

미스터 모델의 얼굴이 빨개졌다. 그 남자 때문에 열 받아서인지, 다리를 벌리고 상체를 숙이는 스트레칭 자세가 힘들어서인지는 모르겠지만. 어쩌면 둘 다일 수도 있겠지.

"그 자식은 이름까지 멋있잖아! 부모 잘 만나도 한참 잘 만난 거지!"

문제의 남자는 이율이라는 이름을 가진, 새로 들어온 환자였다. 이미 병원의 모든 사람들이 그에 관한 정보를 알고 있을 정도로 화제의 중심에 떠오른 인물이었다. 병원 원장선생님의 절친한 친구 아들이니 처음부터 귀빈 대접을 받기도 했지만, 간단

한 수술을 위해 입원해 있던 사흘 동안 의사와 간호사들은 물론이고 환자들까지 그의 매력에 빠져버린 것이다.

"그런데 왜 서른셋이 남자의 절정이에요?"

나는 끙끙거리며 몸을 일으켰다. 미스터 모델이 억지로 따라 하게 한 동작 때문에 온몸의 근육이 저릿했다. 이상한 일이다. 내 몸은 죽은 듯 침대에 누워 있는데 여기 이렇게 유령이 되어버린 내가 몸의 고통을 느끼다니. '뇌가 상상하는 통증'이라고 언젠가 창 아저씨가 설명해주긴 했지만, 여전히 나는 이해할 수가 없었다.

"쯧쯧. 네가 아직 남자를 몰라서 그러지. 서른 전의 남자한테는 풋내가 나고 서른다섯 넘어가면 아저씨 냄새가 나는 거야. 뭐 나처럼 평소에 관리를 잘하면 안 그럴 수도 있지만. 그런데 말이야, 너 젊은 애가 몸이 왜 그 모양이야? 쇠라도 삶아 먹었냐? 뻣뻣하기는."

"아무려면 어때요. 진짜 몸도 아닌데. 근데 그렇게 잘난 사람이 왜 아직도 싱글이래요?"

"쯧쯧쯧. 젊은 애가 완전 아저씨, 아줌마 사고방식이라니까. 능력 있는데 결혼을 왜 해? 어리고 예쁜 애들이 사방천지에 널렸는데. 이 병원 간호사들 절반은 이미 그 인간한테 넘어갔을걸? 간호사뿐이야? 치마 두른 사람의 절반은 홀랑 넘어갔지, 홀랑!"

그의 모습을 발견한 건 그때였다. 그 사람이 멍한 표정을 하고
미스터 모델의 뒤편에 서서 우리를 바라보고 있었다.

간단한 수술만 한 후 바로 퇴원할 거라고 했던 사람이 왜 갑자
기 우리와 같은 유령이 되어 우리 앞에 서 있는지, 우리는 궁금
했다. 그러나 우리의 궁금증을 풀기 전에, 그가 지금 처한 상황
에 대한 설명을 해주어야 했다. 그의 영혼이 육체에서 벗어나 여
기에 존재하고 있고, 미스터 모델과 나 역시 그런 상태에 있으
며, 영혼들에게는 영혼들의 세계가 있다는 이야기는 그러나 그
를 더욱 혼란스럽게 만들었다. 그는 도무지 납득할 수 없다는 표
정으로 고개를 절레절레 흔들었다.

"직업이 정신과 의사잖아? 그럼 다른 사람보다 빨리 알아들
어야 하는 거 아니야?"

미스터 모델이 나에게 소곤거렸다.

"그래서 더 받아들이기 힘든 건지도 모르잖아요……."

자신 없는 목소리로 내가 대답했다.

"무슨 소리야?"

미스터 모델이 다시 물었지만 나로서도 조리 있는 설명을 할
수는 없었다.

"그런데 어떻게 된 일이에요? 내일모레 퇴원해야 할 사람이 갑자기 뇌사상태라니."

미스터 모델이 다그치듯 물었지만, 이율은 입을 굳게 다문 채 텅 빈 눈으로 허공을 응시했다. 지난 사흘 동안 수많은 사람들의 마음을 설레게 했던 매력적인 눈웃음이 사라져버린 그의 얼굴은 마치 다른 사람의 것처럼 보였다.

"다니엘!"

대답을 듣지 못하면 잡아먹어버리겠다는 기세로 이율을 바라보던 미스터 모델이 옥상 난간에 기대어 서 있는 다니엘을 발견하고 소리쳤다.

"치사해! 복잡한 설명 다 끝내고 나서야 나타나다니. 소이랑 내가 얼마나 고생했는지 알아?"

"아니, 뭐 고생까지는……."

미스터 모델은 재빨리 나를 흘겨보고 다니엘을 향해 걸어갔다.

"너는 알고 있지? 저 인간, 어떻게 된 거야?"

"죽으려고 했거든요."

이율의 입술 사이로 목소리가 새어나왔다. 그의 기분 좋은 허스키 보이스는 이제 금방이라도 부서질 듯 메마르고 건조했다.

"죽다니……?"

이율은 도움을 청하듯 다니엘을 바라보았다. 다니엘이 천사라는 걸, 그가 자신의 삶과 본질을 알고 있다는 걸 본능적으로 느꼈던 걸까? 한동안 이율의 눈빛을 바라보던 다니엘이 천천히 입을 열었다.

"약을 먹었어. 한밤중에 병원 약국으로 숨어들어가서, 다섯 종류 정도 되는 약을 한 움큼 훔쳐서. 의사니까 치명적인 약을 고를 수 있었던 거고."

"……왜요?"

서른셋, 싱글, 정신과 의사, 누구에게나 호감을 주는 외모, 다부진 몸매와 싹싹한 성격, 다른 이를 압도하지 않는 그러나 거역할 수 없는 카리스마, 동화책에서 빠져나온 그림 같은 가족들, 병실을 뒤덮을 만큼의 꽃다발을 보내온 한 다스쯤 되는 그의 연인들, 이 모든 것을 다 가진 사람이 어째서 한밤중에 훔친 약을 입안에 털어넣고 죽음을 기다렸을까?

"선생님한테는, 사랑이 깃털처럼 가볍죠?"

동그랗고 앳된 얼굴을 가진 여자가 이율을 빤히 바라보며 그렇게 말했다. 이율의 과거를 보여달라는 미스터 모델의 말에 다니엘이 곤란한 표정으로 이율을 바라보았을 때, 그가 선선히 고개를 끄덕인 것은 의외였다.

"나 자신에 관한 것을 객관적으로 보면, 뭔가 답을 얻을 수도 있을 것 같아서……."

이율은 그렇게 말했고, '과연 정신과 의사야' 하고 미스터 모델이 반색을 했고, 다니엘은 옥상의 한쪽 벽에 이율의 과거를 투영했고, 우리는 다 같이 그것을 보게 된 것이다.

"일 년 전의 일이군요. 상담을 받고 싶다고 찾아왔죠. 처음 만났을 땝니다."

이율이 말했다.

"귀엽게 생겼네. 스물둘이나 셋? 이름이 뭔데요?"

미스터 모델이 물었다.

"나도 그 정도일 거라고 생각했는데, 스물일곱이라더군요. 이름은…… 그냥 '엘'이라고 하죠. 어찌 되었거나 내 환자였으니까, 신상을 밝히는 건 곤란합니다."

이율의 단호한 어조에 눌려, 미스터 모델은 입을 다물었다. 그래서 우리는 스물일곱의 '엘'과 일 년 전의 이율이 처음 만난 날로 다시 시선을 돌렸다. 선생님한테는, 사랑이 깃털처럼 가볍죠? 엘의 첫 번째 질문이었다. 처음 만난 정신과 의사에게 한 질문치고는 상당히 당돌한 것이었지만, 엘의 표정과 말투는 당돌함과 거리가 멀었다. 거기에는 다섯 살짜리 아이가 엄마에게 하는 질문 같은 뉘앙스가 있었다. 상대방을 자극하려는 것도 아니고 떠보려는 것도 아닌, 그저 순수한 질문의 뉘앙스.

"사랑이…… 깃털처럼 가볍다?"

당황한 표정을 숨기며 이율이 말했다.

"아뇨. 사랑이 그렇다는 게 아니라, 선생님에게요."

노래를 부르듯 경쾌한 목소리로 엘이 대답했다.

"우리는 오늘 처음 만나지 않았습니까. 왜 그런 생각이 들었죠?"

"선생님이 쓰신 글을 여기저기서 봤거든요. 인터뷰 기사도 보고. 정신과 상담 같은 거, 한 번도 받아본 적 없지만 왠지 선생님이라면 만나도 좋을 것 같아서. 부러워요."

"부럽다? 뭐가…… 부럽다는 거죠?"

"아이 참, 가볍잖아요, 사랑이. 선생님에게는."

엘은 그렇게 말하고 한쪽에 놓인 소파침대로 올라가 똑바로 누웠다. 그녀의 짧은 스커트 아래로 맨살이 그대로 드러났다. 이율은 더욱 당황했다. 상담을 받는 사람들이 편안한 자세에서 긴장을 풀고 얘기할 수 있도록 소파침대를 권하고 있지만 처음 온 사람들, 특히 여자들은 대체로 거부감을 가지곤 했다. 서너 차례 상담을 한 후 의사와의 유대관계가 형성되고 신뢰가 생긴 이후에야 그럼 한번 누워볼까 하는 심정이 되는 것이다. 그런데 이 여자 엘은 여기 누워도 될까요 같은 형식적인 질문조차 없이 침대에 누운 채 세상에서 가장 편안해 보이는 자세를 취하고 있었다.

오렌지색의 소파침대와 엘은 묘하게 어울렸다. 마치 침대가 엘을 포근하게 감싸안고 있다는 느낌이었다. 엘은 잠깐 몸을 뒤트는가 싶더니 이내 조용해졌고, 살짝 벌어진 그녀의 입술 사이로 규칙적인 숨소리가 새어나왔다.

"그 여자는, 엘은, 그대로 잠이 들어버렸습니다. 나는 깨울 생각도 못 하고 가만히 앉아 보고만 있었고. 사십 분쯤 지난 후에 엘은 반짝 눈을 뜨고 침대에서 내려와 의자에 놓아둔 가방을 들고 상담실 문으로 걸어갔죠. 가다가, 문득 생각났다는 듯이 몸을 돌려 나를 보고는, '좋은 꿈을 꿨어요'라고만."

이제 이율은 자신의 이야기에 열중하고 있었다.

"엘이 다음 주 같은 요일 같은 시간에 예약을 잡았다고 간호사가 말해주었죠. 아니, 내가 스케줄을 확인한다는 핑계로 예약 상황을 들여다보면서 그녀의 이름을 찾은 거지. 신경이 쓰였거든요. 무엇 때문에 찾아왔는지조차 말하지 않고 가버렸으니까."

두 번째 만남에서 엘은 자신이 그를 찾아온 이유에 대해 얘기했다. '나에게는 사랑이 너무 무거워서, 선생님이라면 무겁지 않은 사랑을 가르쳐줄 것 같아서'라고 엘은 말했다.

"하지만 사실, 좀 고민을 했어요. 다시 여기 와야 하나 말아야 하나. 선생님은 가벼운 사랑밖에 몰라서, 나를 이해하지 못할지도 모르잖아요? 물론 많은 사람들을 상대해왔으니까 안다고 생각할 수도 있겠지만, 모르는 건 모르는 거니까."

의사의 입장에서 환자와 논쟁을 벌일 수도 없는 일이라, 이율은 엘의 말에 수긍하거나 반대하는 대신, 다른 질문을 던지기로 했다.

"어떤 것이 가벼운 사랑이라고 생각하시죠?"

엘은 이율을 빤히 보다가, 이렇게 말했다.

"그건 선생님이 얘기하셔야죠. 난 모른다고 했잖아요."

"가벼운 사랑이라……"

이율의 이야기를 듣고 있던 미스터 모델이 한숨 섞인 목소리로 말했다.

"뭐라고 대답하셨어요, 그래서?"

내가 물었다.

"어쩔 수 없이 여러 가지 이야기를 하긴 했지만, 그녀가 원하는 대답이 아니었죠. 원하지 않았다기보다 받아들이질 않았던 것 같습니다. 하지만 상담이 끝난 다음에, 다음 주 같은 요일 같은 시간에 다시 오겠다고 했어요."

이율과 엘은 그 후 십일 개월 동안, 같은 요일 같은 시간에 만나 오십 분 동안 이야기를 나누었다. 환자인 엘이 상담을 통해

치료를 받은 게 아니라 '이야기를 나눈' 것이다. 두 사람은 사랑의 가벼움에 대해, 사랑의 무거움에 대해, 지나쳐도 좋은 사랑에 대해, 너무 많은 의미를 지닌 사랑에 대해, 사랑이 아닌 것들에 대해, 사랑일 수밖에 없는 사랑에 대해 대화를 주고받았다.

"신기하게도, 엘을 만난 이후부터 제 주위에 여자들이 끊이지 않게 됐습니다. 세상의 모든 여자들이 나를 원하는 것 같았죠. 그러니까 결국 엘의 말이 맞았던 겁니다. 엘을 만나기 전에는 단한 번도 사랑이 가볍다는 생각을 해본 적 없었는데, 아니 그런 이야기를 할 정도로 연애를 여러 번 해보지도 않았는데, 엘과 만나는 횟수가 늘어나면 늘어날수록 나는, 아니 나의 사랑은 가벼워졌습니다."

십일 개월이 지난 후, 그러니까 한 달 전, 같은 요일 같은 시간에 찾아온 엘은 다른 날처럼 소파침대에 눕지도 않은 채로, 의자에 앉기도 전에, 오늘이 마지막이라고 말했다. 그리고 이율이 차마 무어라고 이야기할 틈도 주지 않고 '저, 선생님을 사랑해요'라고 툭 던지듯 얘기했다. 그녀가 던진 말은 둥글고 작은 공처럼 이율에게 부딪혔다가 땅에 떨어졌다. 두 사람 사이에 이 분이나 삼 분 정도 침묵이 흘렀다. 이율이 사태를 파악하고 할 이야기를 생각하느라 애를 쓰는 사이, 엘의 표정에서 실망, 분노, 희망, 포기 같은 감정들이 차례로 지나갔다. 마침내 입을 연 사람은 엘이었다.

"농담이에요."

엘은 문밖으로 나가버렸고, 남은 사십오 분 동안 이율은 멍하니 그 자리에 그대로 서서 자신에게 일어난 일이 무엇인지 알아보려고 애를 썼지만, 결국 아무것도 알 수가 없었다.

"갑자기 너무 극심한 절망이 찾아왔대요. 그 사람, 그날, 약국에서 약을 훔쳐먹던 날 밤에."

나는 수영 언니에게 이율의 이야기를 들려주고 있었다. 잔디밭에 혼자 앉아 햇볕을 쬐고 있던 수영 언니가 나를 발견하고 따뜻하게 웃어주어서, 나는 차마 그냥 지나칠 수가 없었다. 수영 언니와 나란히 앉아 하늘을 바라보는데, 딱히 할 이야기도 생각나지 않았다. 하지만 내가 뭔가 화젯거리를 먼저 꺼내지 않으면, 그녀가 무이 오빠 이야기를 할 것 같았다. 그래서 나는 그날 옥상에서 들었던 이율의 이야기를 그녀에게 해주게 된 것이다.

"절망? 어떤 종류의, 어떤 이유의 절망이었을까?"

"잘 모르겠어요. 이유에 대해서는 얘기하지 않았거든요. 하지만 이율이란 사람이 가고 난 다음에, 다니엘이 이런 말을 했어요."

"어떤?"

"그건 절망이 아니라 문득 찾아온 텅 빔, 공허였을 거라고. 하지만 그런 걸로는 납득이 안 되니까 절망, 극심한 절망 때문이라 믿고 싶었을 거라고."

그런데 나는 잘 이해가 안 가요, 말을 하려다 나는 입을 다물었다. 수영 언니가 깊은 생각에 빠져버렸기 때문이다. 그녀의 하얀 얼굴은 푸른 하늘과 선명한 대비를 이루고 있었다. 깨끗하고 맑고 깊은 옆모습. 무이 오빠를 위해 자신의 삶을 포기하고 밤낮으로 일을 하던 여자가 이렇게 깨끗하고 맑은 얼굴을 하고 있을 수 있는 걸까? 그런 생각을 하고 있는데, 그녀가 입을 열었다.

"어쩐지…… 알 것 같아. 그런 느낌."

"나는…… 잘 모르겠어요."

수영 언니는 나를 향해 환하게 웃어 보였다.

"소이는 아직 모를 거야. 어쩌면 영원히 모를 수도 있고. 그랬으면 좋겠다."

언니는 내가 밉지 않아요? 아니, 미울 것까진 없을지 몰라도, 신경 쓰이지 않아요? 나의 마음이 외쳤다. 나, 무이 오빠 좋아하는 거, 언니도 잘 알고 있잖아요. 하지만 나는 알고 있었다. 수영 언니가 나를 신경 쓰지 않는다는 것은, 그녀와 무이 오빠의 관계가 그 어떤 것으로도 흔들리지 않을 정도로 단단하다는 것이었다. 만에 하나 그렇지 않다고 해도, 그녀의 사랑은 그녀처럼 깨

끗하고 맑고 깊었다. 나는 결코 그런 여자와 연적이 되고 싶지
않았다.

　의식을 잃은 이율은 병실에서 중환자실로, 다시 집중치료실로
옮겨졌다. 그의 병실을 가득 채웠던 선물들을 정리하며 그의 가
족들은 한참 울었다. 이미 시들기 시작한 꽃들은 휴지통에 버려
졌다. 버려진 꽃다발 속에서 편지 하나를 찾아낸 것은 미스터 모
델이었다. 이율 선생님께, 받는 사람의 주소와 이름이 씌어 있
는, 작고 평범한 편지봉투였다. 미스터 모델은 대단한 보물을 발
견한 사람처럼 그것을 들고 나에게 뛰어왔다.
　"이게 왜요? 이율이란 사람, 이런 편지랑 카드, 엄청 많이 받
았을 텐데."
　"이건 달라. 완전히 달라. 보통 입원한 사람한테 카드를 보내
면, 쾌유를 빈다거나 회복을 위해 기도하겠다거나, 그런 이야기
를 쓰는 거잖아?"
　"그런데요? ……아니 그게 아니라, 편지를 읽었어요? 그 사
람한테 온 걸?"
　"뭐 어때? 어차피 휴지통에 버려진 건데. 좌우지간, 여기 주
소를 봐. 이건 이 병원이 아니라 이율의 병원으로 온 거야. 그 병
원 간호사가 가져다준 거라고. 이 편지 때문에 약을 먹은 게 틀

림없어. 너, 내가 얼마나 직감이 뛰어난 사람인지 알지? 알아,
몰라?"

미스터 모델은 편지를 내 눈앞에 바싹 들이대고 마구 흔들었다.

"……뭐라고 씌어 있기에……."

"어차피 궁금해할 거면서."

자랑스러운 표정으로, 그는 봉투에서 편지를 꺼내어 내 손에
쥐여주었다. 거기에는 작고 동글동글한 글씨체로 날짜와 시간,
그리고 비행기의 편명으로 보이는 알파벳과 숫자가 씌어 있었
다.

"이게 뭐예요?"

"날짜를 잘 봐. 바로 그날이잖아. 이율이 약을 먹어버린."

"아…… 그런데 누가…… 왜 이런 편지를……."

"누구긴 누구야, 당연히 엘이지. 이율은 편지를 전해받고 엘
에게 전화를 한 거야. 그랬더니 엘은 비행기를 타고 멀리멀리 떠
날 거라고 말을 한 거야. 다시는 안 돌아온다고 그런 거야. 이율
은 그랬겠지. 그러지 말라고, 나도 너를 좋아한다고, 아니 사랑
한다고, 왜 떠나려는 거냐고."

"……왜 떠났어요?"

미스터 모델의 이야기가 왠지 설득력 있게 들려서 나도 모르
게 그의 가정을 믿어버리고 그에게 물었다.

156

"내가 알아? 더럽게 복잡하고 짜증나게 이상한 여자들의 심리를? 안다면 차라리 네가 알겠지. 너도 여자잖아."

그러다 갑자기 미스터 모델은 한숨을 푹 내쉬었다.

"유령이 되고 나서 제일 나쁜 게 뭔지 알아?"

"뭔데요?"

"거울 속의 내 모습을 볼 수 없다는 거야."

이율과 엘, 편지와 여자의 심리에 대한 이야기를 하다가 갑자기 거울을 떠올리고 슬퍼하는 미스터 모델의 심리야말로 알 수 없는 것이었다.

그의 말대로 거울은 내 모습을 비춰주지 않았다. 그래도 나는 거울 앞에 서서 거울에 비친 나의 모습을 상상했다. 나, 무이 오빠를 좋아해요. 아뇨, 농담이에요. 나, 오빠를 사랑해요. 아뇨, 농담이에요. 그 말을 하려는데, 말이 되어 밖으로 나오지 않았다. 그것은 말보다 조금 더 큰, 말로는 담아낼 수 없는 무엇일까? 이런 기분은 한 번도 느껴본 적이 없었다. 앞으로도 가능하다면 영원히 느끼고 싶지 않았다. 갑자기 다니엘의 이야기가 심장이 저미도록 다가왔다.

텅 빔. 공허.

결국 나도 알아버린 것이다. 결국 수영 언니의 바람은 깨진 것이다. 결국 이율의 사랑은 무거워질 대로 무거워진 것이다. 결국 엘의 사랑은 가벼워질 대로 가벼워진 것이다. 가벼워진 엘은 떠나고 무거워진 이율은 공허가 되어버렸다.

미스터 모델이 휴지통에서 편지를 찾아낸 다음 날, 동화책 속에서 빠져나온 그림 같은 그의 가족들은 그의 산소호흡기를 떼는 데 동의했다. 그가 삼킨 약이 그의 몸에 이미 치명적인 손상을 입혔고, 그래서 운 좋게 깨어나더라도 몸과 의식이 건강한 정상인이 되기는 어렵다는 의사의 이야기를 들었기 때문이다. 그들은 그의 병실에 쌓인 선물들을 정리할 때처럼 울지도 않았다.

그래서 우리는 그 편지를 보낸 사람이 정말 엘인지 아닌지, 편지에 쓰인 알파벳과 숫자가 엘의 영원한 이별선언이었는지 아닌지, 엘의 말, 사랑해요와 농담이에요 중에 어느 쪽이 그녀의 진심이었는지, 이율의 마음은 또 어떤 것이었는지, 끝내 알 수 없게 되었다.

이율의 주검이 장례식장으로 옮겨지는 것을 바라보다가, 나는 문득 손가락을 꼽아 시간을 헤아려보았다. 무이 오빠를 의식적으로 피하기 시작한 지, 그래서 그를 보지 못한 지 서른일곱 시간이 지났다.

story no.9

얼마 동안은
꿈같이 행복했죠

그래, 기억나. 난 제임스 티론과 사랑에 빠졌고 얼마 동안은 꿈같이 행복했지. (슬픈 꿈에 젖어 앞을 응시한다. 티론은 의자에 앉은 채로 몸을 꿈틀한다. 에드먼드와 제이미는 미동도 않고 있다.)

　　　　　　　　　　　　— 유진 오닐, 〈밤으로의 긴 여로〉 중 마지막 장면

아버지 제임스 티론은 아내와 두 아들을 사랑하지만, 가난에 대한 트라우마로 인해 지극히 인색한 사랑만을 줄 수 있는 사람이다. 어머니 메어리는 돌팔이 의사의 잘못된 처방 때문에 마약 중독자가 되었고, 큰아들 제이미는 알코올중독, 작은아들 에드먼드는 폐병에 걸려 있다. 유진 오닐은 이들 가족이 지니고 있는 여러 가지 문제들 중 어느 한 가지도 해결하지 않은 채 막을 내린다. 약에 취한 메어리의 마지막 독백, "얼마 동안은 꿈같이 행복했지"는 그래서 힘겹고 무겁다. 단지 '얼마 동안'의 행복을 위해 희생된 과거 속 그들의 삶, 그들이 짊어지고 가야 할 미래의 불행을 선명하게 보여주기 때문이다.

　모든 것이 시작되는 순간 그 끝을 알 수 있다면, 혹은 우리의 인생이 반복 재생될 수 있다면, 우리는 같은 실수를 되풀이하지 않을 수 있을까? 후회 없는 삶을 살 수 있을까? 얼마 동안 꿈같이 행복하고 오래오래 불행한 대신, 처음부터 마지막까지 덤덤한 날들을 맞고 또 보낼 수 있을까? 하지만 우리는 어느 쪽을 더 원하는 걸까? 아주 잠시 행복하고 오래 불행한 것? 아니면 행복하지도 불행하지도 않은 채 그저 살아가는 것?

　"나도 알아요, 선생님. 이만큼 살다보니 여기까지구나 싶을 때가 오네요. 약물치료나 수술 같은 건 안 받을래요. 소용없다는 거, 선생님도 알고 나도 알고. 얼마 남지 않았으니까, 그냥 조용히 여기서 지내도 괜찮겠죠? 돌봐줄 가족 같은 건 없으니까, 집으로 가라는 말은 하지 마세요."

　그녀의 병실 앞을 지나던 나는 걸음을 멈추고 안을 들여다보았다. 한때는 풍성하고 탐스러웠을 그녀의 하얀 머리카락이 보였고, 초점을 잃은 희미한 그녀의 눈동자가 보였다. 의사는 곤란하다는 듯 어깨를 으쓱하고, 그녀의 주름진 손을 한 번 잡았다가

놓았다.

"거기, 누구죠?"

의사가 가고 난 후, 그대로 발길을 돌리지 못하고 한동안 그녀의 병실을 서성이던 나는 소스라치게 놀라 그녀를 돌아보았다.

"괜찮으니까, 가까이 와요. 말벗이 필요하거든."

그렇게 해서 나는 그녀, 진이 할머니의 친구가 되었다. 그녀는 나처럼 뇌사상태에 빠지지도 않았고, 그러니 유령도 아니었지만, 나의 존재를 느낄 수 있었고 나의 이야기를 들을 수도 있었다. 아주 드물기는 하지만, 앞을 보지 못하는 사람들 중에는 가끔 그런 이들이 있다고, 나중에 다니엘이 말해주었다.

"어느 동네에나 있는, 그런 공터였어. 하늘에 연이 하나 날아가고 있었지. 다섯 살쯤 되어 보이는 남자아이가 연줄을 잡고 뛰어가고, 또래 여자아이가 열심히 남자아이와 연을 쫓아가고 있었어. 그런데 남자아이가 그만 넘어진 거야. 그 바람에 쥐고 있던 연줄을 놓쳤고, 연은 멀리멀리 날아갔지. 여자아이는 멀어지는 연을 향해 손을 뻗다가 넘어진 남자아이를 돌아보았어. 금방이라도 울 것 같은 표정으로. 남자아이는 넘어지면서 무릎을 다쳤는데, 입술을 꼭 깨물고 일어나서 분하다는 얼굴로 하늘을 올려다봤어. 연은 이미 보이지 않았고, 여자아이가 괜히 남자아이를 툭툭 쳤고, 남자아이는 화가 나서 뚜벅뚜벅 걸어갔지. 사실은 화가 난 게 아니라, 창피해서 그런 거지만."

"그 여자아이가 할머니였어요?"

내 몸은 다른 병실의 침대 위에 죽은 듯 누워 있고, 내 영혼만 유령으로 살아가고 있다는 이야기를 나는 하지 않았다. 진이 할머니에게 나는, 같은 병동에 입원해 있는 평범한 스물세 살의 여자아이였다. 그리고 나에게 그녀는, 내가 유일하게 소통할 수 있는 '정말로 살아 있는 사람'이었다. 우리는 종종 창밖에서 흘러들어오는 따뜻한 햇살을 받으며 이야기를 나누었다.

"아니, 나는 그때 중학생이었어. 2학년이었던가, 그랬지."

"아, 그랬구나. 그래서요?"

"그리고 남자아이가 있었어."

"연을 놓친 아이요?"

"아니, 그 아이들은 그 동네 꼬마들이었고. 준이라고, 내 또래의 남자아이였지."

"아, 그래서요?"

"어릴 때 소꿉친구였는데, 중학생이 되면서 서먹해져서, 가끔 동네에서 만나도 그냥 지나치고 그랬어. 그러다가 그날, 꼬마들이 연을 날리고 있던 그 공터에서 마주쳤지. 모른 척하고 가려는데, 준이가 말을 걸었어."

"뭐라고요?"

"졸업하고 처음이지? 하고."

졸업하고 처음이지? 하고 그가 물었다. 진이 할머니는, 아니 중학생이었던 진이는 응 하고 짧게 대답했다. 잘…… 있었어? 하고 다시 그가 물었다. 응, 진이가 대답했다. 어머니는…… 잘 계시지? 그가 물었다. 그런 소리밖에 할 게 없어? 하는 표정으로 진이가 그를 바라보자 그는 조금 더듬으며, 우리 엄마도 잘 계셔 하고 말했다. 다행이네. 그럼. 진이는 더 이상 할 말이 없다는 표시로 그를 외면하고 걸어갔다.

"몇 걸음 가는데, 등 뒤에서 그러는 거야. 저기, 기억해? 예전에…… 준이는 말끝을 흐렸지만, 나는 순간 이 아이도 똑같은 생각을 하고 있었다는 걸 알았지. 연, 만들어준 거? 내가 물었고 준이는 안심한 듯, 기억하는구나, 혼잣말처럼 얘기했어. 다음 날, 학교 끝나고 집으로 가다가 공터에 들렀어. 어쩐지 준이가 기다리고 있을 것 같았거든."

텅 빈 그곳에서 준이는 책을 읽으며 진이를 기다리고 있었다. 나, 기다렸니? 준이를 발견하고 진이는 다짜고짜 그렇게 말했다. 아, 그러니까, 학교 끝나고, 조금 전에…… 준이는 다시 더 듬거렸고, 여기, 앉아도 돼? 하고 진이는 그의 옆자리를 가리켰다. 두 사람은 잠시 동안 나란히 앉아 있었다.

"이상해, 내가 말했어. 뭐가? 준이가 그랬지. 너 말이야. 이상해졌어. 그랬더니 준이는 헛기침을 했지. 목소리가 이상해진 거 말고. 나랑 얘기하는 거 불편하니? 왜 똑바로 바라보지도 못해? 나는 괜히 시비를 걸었고 준이는 더 당황했어."

진이 할머니가 후후 하고 웃었다.

"어릴 때 그 공터에서 많이 놀았거든. 그러다가 언제부턴가, 멀어졌고. 둘 다 이유도 모른 채 말이야…… 그저 놓쳐버린 연을 바라보듯이 멍하니 바라보고만 있었던 거지……."

그녀의 어조가 천천히 느려지고, 곧 고른 숨소리가 들렸다. 나는 잠든 그녀의 손 위에 내 손을 가만히 올려보았다. 그러나 진이 할머니의 체온은 느낄 수 없었다.

"어쩔 수 없지. 우린 감각이란 게 없잖아."

미스터 모델은 진료실 앞에 배치된 잡지를 뒤적이며 그렇게 말했다. 진료시간은 이미 끝나서 대기실은 한산했다.

"그런데 그 할머니, 가족이 없다고?"

"네. 결혼도 안 하셨나봐요."

"흠. 아무리 그래도 면회 오는 사람도 없어? 한 명도?"

"친구분들에게도 얘기하지 않고 혼자 입원하신 거 같아요. 제일 친한 친구분은 외국에 계신대요. 이미 돌아가신 분들도 있고."

"그래서, 그 할머니는 너를, 같은 병동에 입원한 평범한 환자라고 생각한다고? 언제까지 숨길 건데?"

"딱히 숨기려고 한 건 아니었는데…… 말을 하자니 이상하잖아요. 사실 할머니는 유령하고 얘기하고 있는 거예요 하면 충격받으시지 않겠어요? 내가 정신까지 이상해진 건가 하실 수도 있고……"

"그것도 그러네. 설명한다고 알아들을 만한 상황은 아니지."

미스터 모델은 잡지를 내려놓고 기지개를 켜며 하품을 했다.

"그런데 너, 무이 못 봤어? 요즘 통 안 보이네. 수영 씨도 그렇고. 도대체 둘이 어디 가서 뭘 하는 거야?"

나는 당황한 얼굴을 들키지 않으려고 애써 웃으며 대답했다.

"못 봤어요, 저도."

"찾아볼까? 심심해 죽겠어, 아주."

"저는…… 진이 할머니에게 가볼래요. 저녁 드실 시간이니까, 아마 일어나셨을 거예요."

의외로 미스터 모델은 선선히 고개를 끄덕였다.

"그런데 너, 괜찮겠어?"

막 일어서려는데, 그가 물었다.

"뭐가요?"

"그 할머니, 오래 못 버티실 것 같던데. 마음의 준비는 하고 있으라고."

나도 알고 있어요. 그래서 그전에 할머니가 마음속에 간직하고 있는 이야기 다 들어드리려고요. 내가 다 기억하려고요. 오래 오래. 나는 속으로 그렇게 대답했다.

진이 할머니가 천천히 저녁을 드시는 동안, 나는 그녀의 식판에 담긴 반찬의 모양과 색깔을 알려드렸다.

"시력을 잃고 나니까 식욕도 없어졌어. 내 입으로 들어가는 게 어떻게 생겼는지 알 수가 없으니 무슨 맛인지도 모르는 거지."

언젠가 그녀는 그렇게 말했기 때문이다. 식사를 마친 그녀는 침대 옆 테이블을 더듬어 사탕을 찾았다. 그리고 늘 그랬듯이, 내 몫으로 하나를 내밀었다. 사탕은 아무런 소리도 내지 않고, 늘 그랬듯이 담요 위에 떨어졌다. 잠시 후 간호사가 와서 그것을 치울 것이다. 늘 그랬듯이.

"내일 뭐 해? 하고 내가 물었어."

하던 이야기를 계속 들려달라고 하자, 그녀의 입가에 부드러운 미소가 어렸다.

"그랬더니요?"

"뭐, 별로, 어쩌고 하면서 우물거리기에 알았어 하고 집으로 가버렸지. 다음 날에도 준이가 기다리고 있을 거라고 생각했거든."

"그랬어요?"

"그랬지. 내가 좀 늦었거나, 준이가 좀 빨리 왔거나, 어쨌든 한참 기다렸다고 하면서 투덜거리더라고. 나는 아버지한테 빌린 카메라를 꺼내서, 마침 지나가던 아저씨 한 분한테 사진을 찍어 달라고 그랬어. 그 아이랑 같이. 준이는 좀 쑥스러워했지만, 내가 우겼지. 그러고는 가겠다고 했어."

"그냥 가라고 그래요?"

"내일 뭐 하냐고 물어봐서, 바쁘다고 그랬어. 다음 날도, 그다음 날도 바쁘다고."

"정말로 바쁘셨어요?"

"그럼. 그다음 날, 우리 집이 이사를 했거든. 꽤 먼 곳으로."

"이사 간다는 얘기도 안 하시고, 그럼……."

"또 만날 수 있을 줄 알았거든, 그때는. 안녕, 잘 있어, 그런 소리를 하고 싶지 않았어."

"다시 만나셨어요?"

진이 할머니는 가만히 허공을 응시했다.

"어제보다 오늘 몸이 무거워진 걸 보니까 내일은 움직이기가 더 힘들어질 것 같아."

아니에요, 혈색도 좋고, 나아지실 거예요, 그렇게 말하고 싶었다. 그러나 그녀는 확실히 눈에 띄게 나빠져가고 있었다.

"그래서 내일쯤, 누가 나를 도와주러 올 거야. 가능하면 나랑 비슷한 연배로 보내달라고는 했는데."

'죽음을 앞둔 환자가 평안한 임종을 맞도록 위안과 안락을 베푸는 봉사활동. 또는 그런 일을 하는 사람'을 호스피스라고 부른다. 진이 할머니를 보살피기 위해 찾아온 사람은 그녀와 비슷한 연배로, 부드러운 인상을 지닌 할아버지였다.

"잘 부탁드려요. 소이야, 너도 인사드리렴."

그가 병실의 문을 노크했을 때, 나는 그곳에서 빠져나왔어야 했다. 그는 나를 볼 수 없었고 진이 할머니는 그것을 이상하게 생각할 테고 그렇게 되면 상황을 설명할 수 없어진다는 것에 생각이 미친 것은, 그러나 그가 이미 병실로 들어선 다음이었다. 나는 어찌할 바를 모르고 구석에 가만히 서서 숨을 죽였다.

"아무도 없는데요?"

그가 말했다.

"얘가 그새 가버렸나보네. 나중에 또 올 거예요. 그때 인사하세요."

다행히 진이 할머니는 그렇게 말했고, 그도 별로 이상하게 생각하지 않는 것 같았다.

"아, 예."

"소이라고, 가끔 찾아와서 말벗도 되어주고, 그런 아이랍니다. 그런데 지금 밖에 비가 오나요? 아시겠지만, 제가 앞을 보지 못해서."

"비가 오고 있군요. 창문을 좀 열어드릴까요?"

진이 할머니는 미소를 지으며 고개를 끄덕였다.

"어떻게 아셨어요? 비가 오면 창문을 닫아주겠다고, 대체로들 그러는데."

그가 창문을 조금 열었고, 빗소리가 조금 커졌다.

"이 일, 오래 하셨나요?"

진이 할머니가 그에게 물었다.

"자격증은 오래전에 땄습니다만, 본격적으로 일을 한 건 얼마 되지 않습니다."

"결혼은 하셨나요? ……아, 이런 거 물어봐도 될지……."

"괜찮습니다. 삼 년 전에 아내와 사별하고, 아들 하나 있는데 캐나다에서 살고 있어요."

"그래요…… 전 결혼을 안 했답니다. 그래도 특별히 나쁘지는 않았어요. 비교할 수는 없지만요."

"……특별한 이유가 있었습니까? 그러니까, 결혼을 안 하신…… 이런 질문……."

"괜찮아요. 못 할 이야기가 뭐 있겠어요, 이제 와서."

진이 할머니는 그렇게 말하고 웃었다. 두 사람의 이야기를 엿듣는 것 같아 마음이 불편했지만, 내가 듣고 있다는 것을 알아도 그녀는 개의치 않을 것 같아서 나는 그대로 서 있었다.

"너무 일찍 만났어요, 정말 사랑하는 사람을. 그래서 놓쳐버렸죠."

그녀가 말했다.

"진짜 사랑이란 건 평생 딱 한 번이라는 걸, 그때는 몰랐거든요. 그걸 깨달았을 때는 너무 늦었죠."

"만약…… 그 사랑이 이루어졌다면 어땠을 것 같습니까?"

망설이다가, 그가 물었다.

"소용없잖아요, 그런 생각은. 어차피 이루어진 것도 아니고…… 신기하죠? 사람은 한 가지 인생밖에 살 수 없다는 게."

잠시 침묵이 흘렀다.

"비가 그쳤나봐요."

그녀가 말했고, 그가 밖을 내다보았다.

"그러네요."

"가끔은, 앞을 볼 수 없다는 게 거짓말 같아요. 손에 잡힐 듯이 다 보이는 것 같다는 기분이 들거든요."

그녀가 내 쪽을 바라보는 것 같아 나는 당황했다. 그러나 그녀의 시선은 허공을 응시하고 있었다.

"그 아이와…… 우리가 헤어질 때는 아직 둘 다 아이였거든요. 딱 한 가지 해보고 싶었던 일이 있었어요."

"뭐죠?"

"언제나 여름이고, 바다가 있고, 해가 질 때가 가장 멋진 그런 곳에 가서, 알록달록한 색깔의 칵테일을 마시고, 밤이 되면 사랑을 나누고."

후후, 그녀가 웃었다.

"서랍 속에 노트가 한 권 있을 거예요. 열어보실래요?"

그가 서랍을 열고, 그 안에 들어 있는 낡은 노트 한 권을 꺼내어 그녀에게 건넸다. 그녀는 익숙한 손놀림으로 노트를 펼쳐, 그 속에 꽂혀 있던 사진 한 장을 집어들었다.

"소이에게, 이걸 보여주고 싶었는데."

그녀의 어깨 너머로 들여다본 사진 속에, 중학생인 진이와 준이가 있었다. 흡 하고 그가 숨을 들이마셨다.

"아주…… 오래된 사진이군요."

"그래요. 하지만 바로 며칠 전인 것 같아요. 몇 번이나 그날 일을 생각하고 또 생각했거든요."

"……소중한 기억이군요."

"이 사진, 혹시 괜찮으시면 가지실래요? 그리고 소이에게……."

"……말씀하세요."

"아뇨, 관둘래요. 인사 같은 건 원래 싫어해서요…… 안녕이라거나…… 잘 가 같은 말은……."

그녀는 눈을 감았다. 가느다란 숨소리가 규칙적으로, 그녀의 입술 사이에서 새어나왔다.

다음 날 아침, 그녀는 눈을 뜨지 않았다. 그리고 그녀는 단 한 장의 사진 속에 남았다. '얼마 동안' 보다도 짧은 순간 속에서 그녀는 행복하게 웃고 있었다.

"정말 그랬을 거라고 생각해? 후회하지 않았을 거라고?"

미스터 모델이 물었다.

"굉장히 행복해 보였어요. 그 사진 속에서도 그랬지만, 그 사진을 그분에게 건넨 다음에 눈을 감으실 때도, 아주 행복한 미소를 짓고 있었거든요."

"흐음."

우리는 병원 건물의 옥상 난간에 기대어, 손가락보다 작아 보이는 사람들이 손톱만 한 행복을 구하기 위해 허둥지둥 오가는 모습을 내려다보았다. 조금 떨어진 곳에서, 다니엘은 신문을 보고 있었다.

"그런데 말이야, 그 할아버지, 진이 할머니에 대해 뭘 알고 있었던 거 아니었을까?"

미스터 모델은 다니엘을 향해 수상한 시선을 던졌다.

"다니엘, 넌 알고 있지? 그 할아버지가 우연히 그 할머니를 찾아온 거, 아니지? 우연 같은 건 좀처럼 일어나지 않는 거라고, 네 입으로 말한 적 있잖아."

다니엘은 신문에서 눈을 떼지 않은 채, 약간 곤란한 표정을 지었다.

"소이, 너 알지? 나 감 무지하게 좋은 거. 분명히 두 사람……."

"그 할아버지 성함이 이준이야."

미스터 모델의 말을 끊고, 다니엘이 불쑥 얘기했다.

"그럼 그렇지! 그러니까 두 사람은 벌써 알고 있었던 거겠지? 내 말은, 할머니는 할아버지가 사진 속 그 아이라는 거, 할아버지는……."

미스터 모델이 외쳤다.

"하지만 진이 할머니는 앞을 볼 수 없는 데다가……."

하다가, 나는 말을 삼켰다. 앞을 볼 수 없었지만 나의 존재를 느낄 수 있었던, 나를 알아주었던 분이다. 우리가 보는 것보다 더욱 많은 것을, 더욱 깊은 것을 보았던 분이다.

"네 말이 맞다, 소이야."

미스터 모델이 말했다.

"그분, 꿈같이 행복했을 거야. 마지막 순간에."

그러나 생의 마지막에 이루어지는, 평생을 꿈꿔왔던 그 만남은 정말로 우리의 인생을 행복으로 완성시켜주는 것일까? 나는 멈춰 있는 듯 보이지만 그러나 어딘가를 향해 나아가고 있는 나의 삶이 두렵고 불안해졌다. 내가 이 삶에서 감당해야 할 고통이라거나 불행, 갈망과 덧없는 기다림이 얼마나 더 남아 있는 것인지, 도무지 알 수가 없어서. 나를 기다리고 있는 것이 나의 슬픈 현실을 각성시켜줄 과거의 행복인지 혹은 해피엔드에 안전히 착륙하게 해줄 오랜 기다림인지, 정말로 짐작도 할 수가 없어서.

story no.10

감추어진 어떤 것

그가 자신의 몸을 떠나 막 유령이 되는 것을 가장 가까이서 지켜본 이는 나였다. 당연히 그가 유령이 되어 가장 처음 만난 이도 나였다. 지금 생각해보면, 그건 우연이 아니었다. 그렇게 될 수밖에 없었던, 그래야만 했던 일이었다. 내가 처음 유령이 되었을 때 무이 오빠가 그곳에 있었던 것처럼, 그것 역시 오래전에 예정되어 있던 일들 중 하나인 것이다.

응급실에서 중환자실로 옮겨가던 도중에 그의 영혼이 그의 몸을 빠져나왔다. 그는 자신의 몸을 물끄러미 바라보다가 나와 시선이 마주쳤다. 나는 그에게 뭔가 설명을 해줘야 한다고 생각했지만, 어떤 식으로 이야기를 시작해야 할지 알 수 없어서 난감했다. 자신이 유령이 되었다는 것, 나 역시 그런 존재이며 그래서 그의 영혼을 볼 수 있다는 것을 그는 아직 모를 거야 하는 생각도 들었다. 내가 이 병원을 드나드는 수많은 사람들 중 한 명이라고 그가 생각한다면, 나는 일단 자리를 피한 다음, 누군가 다른 유령이 그에게 설명해줄 때까지 그의 눈에 띄지 않으면 되는 것이다.

내가 그런 생각을 하는 동안 그는 나를 빤히 보고 있었고, 그의 시선을 피하면서 나는 뒷걸음질을 쳤다. 그러다가 나도 모르게 다른 사람의 몸을 통과해버렸다. 놀랍게도, 그것을 목격한 그는 전혀 놀라지 않았다. 그는 오히려 그럴 줄 알았다는 듯 시니컬한 미소를 지으며 내 쪽으로 성큼성큼 걸어왔다.

"이런 상태로 얼마나 오래 있어야 하는 거지?"

무례하고 공격적인 말투였다. 게다가 반말이라니. 나는 내가 해야 할 일을 떠맡길 만한 유령이 없나, 둘러보았지만 하루에 열두 번씩 부딪치던 미스터 모델조차 그림자도 보이지 않았다. 나는 마음을 가다듬고 그를 찬찬히 살펴보았다. 나이는 무이 오빠 또래 정도, 그가 나에게 취한 태도를 고려하지 않는다면 잘생겼다고도 얘기할 수 있는 용모, 운동으로 다져진 듯한 균형 잡힌 체격. 그러나 그는 한마디로 설명할 수 없는 분위기를 지니고 있었다. 좋은 집안에서 곱게 자란 귀공자의 티가 나면서도 조금 전까지 골목에서 패싸움을 벌이다 응급실로 실려온 처치곤란한 문제아 같기도 했다.

"따라와요, 알고 싶으면."

그런 상태로 얼마나 오래 있어야 하는 건지에 대해서는 나도 아는 바가 없었지만, 잘 모르겠는데요 하고 대답하고 싶진 않아, 나는 그렇게 말했다. 그리고 그가 다른 이야기를 하기 전에, 몸을 돌려 빠른 걸음으로 걸어갔다. 따라오려면 오고 싫으면 말라는 듯이.

"무슨 일로 이렇게 된 거죠?"

나를 따라 옥상으로 온 그에게 내가 먼저 질문을 던졌다.

"사고야."

그가 대답했다. 여전히 반말로.

"무슨 사고?"

나도 '인데요'는 생략해버리고 그렇게 말했다. 그가 처한 상황에 대해 설명해주기 전에, 일단 내가 궁금한 것부터 알아낼 작정이었다. 게다가 처음부터 무례하게 구는 사람에게 친절하게 대할 이유나 의무 같은 건 내게도 없었다.

"차사고."

"교통사고?"

"그거랑은 좀 다른데."

"어떻게?"

"카레이싱 도중에 차가 전복됐거든."

사고로 인해 식물인간이 된 사람들은 사고 당시를 회상할 때마다 어떤 식으로든 고통을 받게 된다. 사고라는 것은 덤벙거리고 부주의한 사람을 골라 찾아오는 것이 아니다. 그것은 아주 잠깐 방심하는 순간, 일 초도 채 되지 않는 짧은 시간을 이용하여 우리를 급습한다. 지나고 나서 생각하면 모든 일들이 뼈아픈 후회가 된다. 그때 그곳을 가지 않았다면, 그때 누구를 만나지 않았다면, 그때 무엇을 하지 않았다면…… 우리는 우리가 선택할 수도 있었던 다른 상황들을 몇 번이나 떠올리며 그렇게 하지 못한 자신을 탓한다. 운명을 탓하거나 다른 사람을 탓하는 일은 더욱 흔하다. 수십, 수백 가지의 가능성 중에서 하필이면 이쪽을 택하게 되었을까. 생각할수록 이런 상황은 충분히 피할 수 있었다는 확신이 들어서, 자책감과 자괴감을 동시에 갖게 되는 것이다.

그러나 그는 달랐다. 그의 얼굴에는 고통이나 후회 같은 것이 없었다. 오히려 뭔가를 지긋지긋해하는 냉소가 담겨 있었다.

"그렇다면, 예상하지 못했던 사고였겠네요."

자세한 것을 물어보려다가 나는 그렇게만 말했다. 꼬치꼬치 캐물으면 그가 입을 다물어버릴 것 같아서. 그는 나를 잠깐 보더니 픽 웃었다.

"너, 뭔가 알고 하는 이야기야?"

나는 결코 그렇지 않다는 의미로 단호하게 고개를 흔들었다. 그는 개의치 않는다는 듯 어깨를 으쓱했다.

"사고가 날 거라는 예상은 했지. 하지만 이런 상황은 예상하지 못했어."

"어떤 걸 예상했는데요?"

"그 자리에서 죽는 거."

나는 입을 다물었고, 그는 그럴 줄 알았다는 듯이 시니컬한 미소를 지었다.

"사실은 너도 모르는 거지? 이 상태로 얼마나 있어야 하는지."

누군가가 유령이 되어버린 것을 제일 먼저 발견한 유령은, 그가 유령으로서의 새로운 삶에 익숙해질 수 있도록 돌봐줘야 한다는 것이 우리 세계의 규칙이다. 그 규칙에 의해 나는 그를 떠맡게 되었다. 그의 무례한 태도가 마음에 안 들긴 했지만, 옥상에서 나눈 그와의 대화는 나의 호기심을 불러일으켰다.

좀더 솔직히 말하면, 나는 나의 신경을 분산시키고 싶었다. 나는 무이 오빠를 오래도록 보지 못했다. 한동안은 내 쪽에서 부딪치지 않으려고 피해다녔지만, 시간이 흐르면서 뭔가 이상하다는 것을 깨달았다. 아무리 피한다고 해도 어쩔 수 없이 창 아저씨나 수영 언니, 미스터 모델 같은 이들과 함께 있어야 하는 경우가 생기는데, 그때마다 무이 오빠는 모습을 나타내지 않았다. 피하고 있는 사람은 내가 아니라 오빠 쪽이었던 것이다. 그 사실은 나를 당황하게 했고, 하루 종일 무이 오빠 생각에서 벗어날 수 없게 만들었다.

하지만 상황을 변화시킬 수 있는 건 내가 아니었다. 내가 할 수 있는 유일한 일은 기다리는 것뿐이었다. 무이 오빠가 스스로 나를 다시 찾을 때까지. 그리고 나의 유일한 소망은, 그런 날이 올 때까지, 단 한순간이라도 그를 잊어버리는 것이었다. 조금이라도 열중할 수 있는 다른 일이 내게는 필요했다.

나는 그에게 규칙에 대해 간단하게 설명해주고, 당분간 나와 보내는 시간이 많을 거라고 얘기해주었다.

"맘대로 해. 나는 아무래도 상관없으니까."

그는 그렇게 말했지만, 나로서는 책임감을 느낄 수밖에 없는 일이었다. 유령의 생활에 적응하지 못하는 가장 큰 이유는 자신이 유령이 되었다는 사실을 받아들이지 못하는 데서 비롯된다. 원망과 분노가 지나가고 현실과 타협하기까지, 꽤 긴 시간이 걸리는 것이다. 게다가 이건 죽음 이후의 세계도 아니고, 삶과 죽음 사이라는 어정쩡한 공간에다 시간은 멈춰 있는 것과 마찬가지인 세계여서, 지금까지의 가치관을 무너뜨리지 않고서는 납득

할 수 없는 게 당연하다. 마지막 순간까지 이 세계의 존재를 받아들이지 못하는 사람들도 있는데, 그런 이들은 우리 유령의 세계 속에서조차 유령으로 지내게 된다. 우리와 말을 하지 않는 것은 물론이고 어둡고 좁은 곳에 틀어박혀 아무것도 하지 않은 채, 의식을 되찾거나 삶이 완전히 끝날 날을 기다리는 것이다.

"그들이 조금이라도 빨리 이 세계에 적응하게 만드는 것이 우리의 목적이야. 그건 먼저 유령이 된 사람들의 의무 같은 거지. 아이가 세상에 태어나면 부모의 도움을 받아 세상에 적응하는 것과 같아. 그들에게 이 세계는 태어나 처음 만나는 낯선 곳이기 때문에 다른 이들의 도움이 필요한 거야. 가능하면 고통을 덜어주고, 가능하면 마지막 시간이 올 때까지 자책감에 빠지지 않도록. 운이 좋아 의식을 되찾게 될 경우에는 이 세계에 관한 모든 것을 잊어버리지만, 그래도 이곳에서 비교적 잘 지낸 사람들은 회복도 순조로워. 그동안 자신이 식물인간으로 누워 있었다는 사실도 순순히 받아들이고 후유증도 빨리 극복하지. 하지만 그렇지 않았던 이들은 깨어난 후에도 혼란스러워하고, 자신이 의식을 잃은 동안 달라진 것들에 대해 심한 거부감을 보였어. 삶에 적응하지 못하니까 자신은 물론이고 가족들도 힘겨워지는 거지."

언젠가 무이 오빠가 해준 이야기를 나는 잘 기억하고 있었다.

하지만 그에게 필요한 도움을 충분히 주어야겠다는 나의 각오와는 달리, 정작 그를 도와줄 일은 생각보다 많지 않았다. 자신이 처한 상황에 대해 그가 너무도 쉽게 이해하고 받아들였기 때문이다. 그래서 그와 함께하는 시간의 대부분을, 이 세계를 안내하는 일이 아니라 그의 과거를 회상하는 것으로 보내게 되었다.

"내 이야기가 왜 궁금해? 별로 재미도 없는데."

내가 그의 이야기를 해달라고 했을 때, 그는 그렇게 대답했다. 왜 궁금한지는 나도 몰랐다. 어차피 나와 관계도 없는 사람이었으니까. 하지만 궁금했다. 그의 과거 안에 뭔가 중요한 것이 숨어 있으니 어서 물어보라고, 누군가가 나에게 속삭이는 것 같았다.

"어차피 할 일도 없잖아요. 이것도 저것도 다 귀찮고 재미없다면서요."

"너 나한테 관심 있어? 그렇다면 좋아. 뭘 알려줄까? 이름? 나이? 키? 몸무게? 취미? 그러고 보니 아직 이름도 모르네."

"소이라고 부르세요."

"소이?"

그가 고개를 갸우뚱했다.

"왜요? 이상해요?"

"아니. 그게 아니라…… 내 친구 동생 이름도 소이였는데. 흔한 이름은 아니잖아."

"흔하진 않지만 가끔 동명이인이 있어요."

"그 애가, 그래, 무이 동생이었는데. 무이, 소이."

그때 그와 나는 병원의 잔디밭을 가로질러 건너편에 있는 강변으로 가고 있었다. 그의 말은 내 귀에 닿았다가 바람을 타고 하늘로 올라갔다. 하늘이 너무 푸르구나, 나는 내가 들은 이야기를 본능적으로 무시하며 그렇게 생각했다. 한동안 침묵이 흘렀다. 아니, 그 침묵을 느낀 건 나 혼자였을지도 모른다. 그는 나를 흘낏 보고 아무렇지도 않게 덧붙였다.

"무이, 소이. 김무이, 김소이."

"아아."

내 입에서 감탄사가 터져나왔다.

"나는 박소이예요."

그러고 곧, 그 친구의 이름이 무이 오빠의 이름과 같다는 것을 깨달았다.

"어떻게 아는 사인데요?"

"아주 어릴 때 친구야. 고아원에서 같이 지냈어."

이번에는 조금 더 분명한 색깔의 침묵이 흘렀다. 그와 나는 강변에 도착할 때까지 입을 다물고, 각자의 생각에 잠겨 있었다.

그는 고아원에서 자랐다. 고아는 아니었고 그곳에서 일하던 아주머니의 아들이었다. 아버지는 그가 태어나기 전에 돌아가셨다고 어머니가 말했다. 하지만 그는 그 말을 믿지 않았다. 어머니는 그의 아버지와 어떻게 만났는지, 어떤 사랑을 했는지, 어떻게 결혼했는지 얘기해주지 않았다. 결혼식 사진도 없었고 반지도 없었다. 그는 자신이 사생아일 것이라고 생각했고, 훗날 호적등본을 떼어보고 사실을 확인했다. 혼자 힘으로 아이를 기를 수 없었던 어머니는 일자리를 구하기 위해 수소문을 하다가 먼 친척뻘 되는 사람이 고아원을 운영하고 있다는 이야기를 들었다. 그녀의 먼 친척인 고아원의 원장은 부엌 옆에 딸린 작은 방을 하나 내주고 그녀에게 잡다한 일을 맡겼다. 그가 초등학교를 졸업할 무렵, 그녀는 고아원의 살림살이를 도맡아하게 되었다.

"나는 종종 내가 차라리 고아였으면 좋겠다고 생각했어. 그곳에서 생활하는 아이들이 나를 얼마나 싫어하는지 잘 알고 있었으니까. 그들에게는 어머니가 없었고, 나한테는 있었던 거지. 그 나이의 아이들이 얼마나 잔인할 수 있는지 알아? 나는 매일 아이들에게 괴롭힘을 당했는데, 그렇다고 어머니가 나를 감싸주는 것도 아니었어. 그 아이들의 뒤치다꺼리를 하느라 바빴으니까. 아이들을 재우는 어머니를 기다리면서 나는 늘 혼자 잠이 들었어. 잠결에 아, 어머니가 돌아왔구나 싶어 품으로 파고들면 어머니는 돌아누웠지. 그 사람은 나를 좋아하지 않았어. 나는 원하지 않았던 인생의 걸림돌이었으니까. 나만 아니었으면 조건이 좋은 사람을 만나 결혼을 할 수도 있었을 테니까. 예뻤거든."

그는 초등학교를 졸업한 후 고아원을 떠나기로 결심했다. 어디서 어떻게 생활하건 지금 상황보다는 나을 것 같았다. 새벽마다 신문을 돌리고 학교가 끝나면 거리에서 구걸을 했다. 도망가고 잡히고 두드려맞고 달아나는 것이 그의 일과였다.

"그래도 괜찮았어. 나한테는 계획과 미래가 있었으니까. 졸업식 전날, 마지막으로 필요한 것들을 가방에 집어넣었어. 새벽에 일어나 조용히 떠나면 누구도 모를 거라고 생각했지. 미련은 없었어. 그런데 한 가지가 마음에 걸렸어. 학교와 고아원을 통틀어 유일하게 내 친구가 되어주었던 아이가 무이였어. 내가 말없이 떠나버렸다는 걸 알면 얼마나 배신감을 느끼고 슬퍼할까 싶었어. 그래서 밤중에 몰래 무이를 불러내서, 나는 이제 이곳을 나갈 테니까 내가 안 보여도 걱정하지 말라고 얘기했어. 그러자 무이는 아무 말도 않고 울기 시작했어. 무이가 그렇게 우는 건 처음 봤어. 동생하고 헤어질 때도 안 울던 녀석이었거든."

"동생하고 헤어져요?"

"우리가 초등학교를 들어가기 전이었으니까, 아마 일곱 살쯤 되었을까? 소이는 우리보다 여섯 살 아래였으니까 돌이 막 지났을 때지. 그 애는 입양됐어."

"……그래서, 어떻게 됐어요?"

나는 조금 전의 이야기에 집중하려고 애를 쓰며, 그렇게 물었다.

"뭐가? 아, 고아원을 나가려고 했던 거? 뭐, 녀석이 그렇게 서럽게 우니까 마음이 약해지더라고. 중학교 졸업할 때까지만 참자, 그랬어. 그랬더니 무이가, 그럼 그때 자기도 같이 나가겠다고 그러더라고. 그다음 삼 년은 그 준비로 바빴지. 틈만 나면 만나서 계획을 세우고, 학교와 고아원에 들키지 않게 아르바이트도 하고. 결국 중학교 마치고 같이 나왔어. 도망친 건 아니고. 어머니한테 얘기하고 나가야 한다고 무이가 하도 그래서."

두 명의 고등학생들은 돈을 벌기 위해 고등학생이 할 수 있는 모든 일을 다 했다. 수익과 지출은 공동으로 관리했는데 가끔 무이 오빠가 받은 장학금도 두 사람 몫으로 나누어 학비와 생활비에 보탰다. 졸업 후 무이 오빠는 장학금을 받고 대학에 들어갔다.

"나는 워낙 공부에 흥미가 없어서. 고등학교까지 졸업했으니 그게 어디야 하고 장사를 시작했어. 내가 그쪽에 꽤 소질이 있더라고. 그러다보니 무이랑 나랑 사는 방식이 달라지기 시작했지. 그 녀석은 공부를 해야 하는데, 나는 영업한답시고 술이나 퍼먹고 다니니까 좀 그렇더라고. 내가 먼저 따로 살자고 그랬어. 돈

190

은 내가 벌 테니 너는 공부를 하라고. 내가 방 얻어 나가고 나서
도 한 달에 두어 번은 만났지. 무이 사는 방에 쌀이며 라면도 사
다놓고 학비며 용돈도 쥐어주고 그랬어. 그러다가 어느 날 무이
가, 더 이상 나하고 만나고 싶지 않다는 거야. 이유를 말하라고
했더니 자기는 대학생인데 나는 장사꾼이라 수준 차이가 난다
나. 주먹이 나가더라고. 몇 대 쳤는데 그 녀석이 반항도 안 하고
맞기만 하니까 재미없어서, 그래, 잘난 척 많이 하면서 잘살아
라, 침을 뱉어주고 와버렸어. 시간이 한참 흐른 후에 생각해보니
까, 내가 뭘 잘못 생각해도 한참 잘못 생각했다 싶었지."

"일부러 그랬던 거군요. 돈, 받지 않으려고."

"그걸 깨달았을 때는 너무 늦어버렸어. 무이는 이미 졸업을
해버렸고, 나는 그 녀석 대학친구들과 일면식도 없었으니까 물
어볼 사람도 없었고."

"나, 그 무이라는 사람, 어디 있는지 알아요."

짧고 날카로운 침묵이 흘렀다.

"네가 어떻게 알아?"

입을 다물고, 나는 하늘을 올려다보았다. 생각을 해야 했다.
나의 삶에서 감춰진 것이 무엇인지, 무이 오빠와 내가 어떤 식으
로 연결되어 있는지.

"만나게 해드릴게요. 그전에 몇 가지 확인하고 싶은 게 있어

요."

"말해봐."

처음으로 그의 얼굴에 흥분의 빛이 떠올랐다.

"김무이라는 사람과 나이가 같아요? 그러니까, 그쪽……."

"내 이름은 정호야. 유정호."

"몇 살이세요?"

"스물아홉. 무이도 그렇고."

"동생인 소이라는 사람은 여섯 살 아래라고 했죠?"

"지금 스물셋이겠지."

"어릴 때 입양되었고요?"

"돌이 갓 지났을 때."

"그 후로 동생을 만난 적은 없나요, 무이라는 사람이?"

"없어, 내가 알기로는. 소이의 입양기록은 비밀이었으니까. 양부모가 그 사실을 숨기고 싶어했거든. 무이는 그 사람들 얼굴도 보지 못했어."

그의 얼굴에 당황과 의혹이 함께 나타났다. 그와 나는 같은 생각을 하고 있었지만, 섣불리 입 밖으로 내진 않았다. 이상한 건 내가 전혀 당황하지 않았다는 것이다. 오히려 침착하고 냉정하게, 마치 다른 사람처럼 나 자신의 상황을 바라보고 있었다. 언젠가 닥쳐올 일이 드디어 닥쳐왔다는 느낌, 어떤 식으로든 결론이 날 테니 차라리 잘된 건지도 모르겠다는 기분. 내 힘으로 어떻게 할 수 없는 운명에 이제 무릎을 꿇고 복종하게 된다 해도, 오늘 하늘은 참 푸르구나, 나는 그런 생각을 하고 있었다.

story no.11

드러나는 어떤 것

"작은 운동장이 있고, 뒤로 낡은 건물이 있고, 아이들이 놀고 있었어요. 학교는 아닌데 어딘지는 몰라요. 누나가 무이 형의 손을 꼭 잡고, 굉장히 겁을 내면서 그곳으로 들어서고 있었어요."

미래에 대해 꿈을 꾸는 아이, 그 꿈의 기록을 노트에 그림으로 남기는 아이 혁이는 내게 그런 이야기를 했다. 어디서 누구에게 어떤 일이 일어나는지, 꿈을 통해서 알게 된다고. 하지만 그게 언제인지는 모른다고. 오늘 꾼 꿈이 내일 실현될 수도 있지만, 일 년이나 삼 년, 또는 십 년 후에 현실이 되는 경우도 있다고. 순서대로 일어나는 것도 아니라고.

나는 늘 무이 오빠가 자라난 고아원에 한 번쯤 가보고 싶었다. 그래서 혁이가 그 꿈에 대한 이야기를 해주었을 때, 내심 기뻤다. 한 가지 마음에 걸렸던 건, 혁이의 꿈속에서 내가 겁을 내고 있다는 것이었다. 상상할 수 있는 모든 경우의 상황을 떠올려보았지만, 내가 겁을 먹을 만한 이유 같은 건 찾을 수 없어서, 막연한 두려움을 안고 그런 날이 오기를 기다렸다.

그리고 지금, 혁이가 꿈에서 본 풍경이 한 치의 오차도 없이 내 눈앞에 펼쳐졌다. 작은 운동장이 있고, 뒤로 낡은 건물이 있고, 아이들이 놀고 있었다. 아이들은 당연히 유령인 우리를 보지 못한 채, 제법 진지한 얼굴로 놀이에 열중하는 중이었다. 낡은 장난감들이 여기저기 굴러다니고, 미끄럼틀을 타고 내려오던 아이는 갑자기 울음을 터뜨렸다. 아이들 중에서 가장 나이가 많아 보이는 여자아이 하나가 울고 있는 아이에게 달려가 사탕 하나를 내밀었다.

무이 오빠는 이곳에서 자라났다. 나는 그의 손을 꼭 잡고, 겁을 내면서, 고아원 안으로 들어섰다. 어느 하나 낯설지 않은 것이 없었다. 무이 오빠와 이곳에서 함께 자라났다는 유정호라는 사람의 말에 의하면, 한 살 때까지 나도 이곳에서 자란 것이다. 물론 한 살 이전의 기억이 남아 있을 리는 없지만, 막상 이곳에 오면 무의식의 밑바닥에 깔려 있던 것들이 솟아오를지도 모른다는 기대를, 조금은 했는데.

운동장을 가로지르다가 나도 모르게 뒷걸음질을 쳤다. 내 손에서 저항의 기운을 느낀 무이 오빠가 걸음을 멈추었다.

"소이야. 싫으면 얘기해. 억지로 들어가볼 필요는 없어."

나는 대답 대신 무이 오빠의 손을 꼭 쥐었다. 나에게도 사탕이 필요하다고 생각하면서.

다니엘은 신문에서 눈을 떼지 않은 채 고개를 끄덕였다. 뭐 좀 물어봐도 돼요? 하고 나는 물었다. 먼 시간을 통과해온 바람이 출렁이며 우리 사이에 있는 공기를 흔들었다.

"그러니까, 저와 무이 오빠가, 그러니까……."

"맞아."

내 말이 끝나기도 전에 그가 대답했다.

"그럼 무이 오빠도……."

"알고 있어. 처음부터 알았던 건 아니지만."

다니엘은 읽던 신문을 접어 바닥에 놓아주었다. 나는 되도록 천천히 몸을 움직여 그 위에 앉았다. 나를 포함한 옥상 위의 공간이 느린 속도로 회전하는 것 같은 기분이었다.

"다니엘은 처음부터 알고 있었죠?"

그는 아무런 감정도 읽을 수 없는 눈빛으로, 나를 잠깐 바라보았다. 불안하게 바닥을 더듬고 있던 나의 두 손이 가볍게 떨렸다.

"그런 건 중요하지 않아."

"무이 오빠가 그동안 저를 계속 피한 건……."

"무이도 혼란스러웠으니까. 고아원으로 가서 이것저것 알아보기도 하고, 병원에 있는 차트를 찾아보기도 하고, 네 부모님이 있는 집에도 가보고, 그랬어."

"저의…… 그러니까, 저를 입양한……."

"달라지는 건 아무것도 없어. 걱정 마."

다니엘의 손이 나의 왼손을 살며시 덮었다. 그의 손에서 흘러나온 따뜻한 기운이 차가운 나의 손으로 스며들었다. 손끝에서 번지기 시작한 온기는 팔목을 지나 어깨에 이르렀고, 잠시 후 온몸으로 퍼져나갔다. 곧 심장 안쪽에 따뜻한 불이 하나 켜진 것처럼 기분이 한결 나아졌다. 이것이 천사인 다니엘의 힘인 걸까? 생각하며, 나는 그에게 하고 싶은 질문들을 떠올려보았다. 그러나 먼저 입을 연 것은 다니엘이었다.

"너에게 이야기를 해야 하나 말아야 하나, 무이가 많이 고민했어. 이야기를 한다면 언제, 어떤 식으로 해야 하는 건지 말이야. 곧 저절로 알게 될 테니까 조금 기다리라고 그랬어. 그랬더니 네가 알게 될 때까지 너를 보는 게 힘들다고 그러더군."

"……무이 오빠는 지금 어디 있어요?"

"아마 고아원에 있을 거야."

"언제 만날 수 있어요?"

"곧."

내 속에서 맴돌던 수많은 질문들이 갑자기 뚝 멎었다. 아무래도 상관없어. 무이 오빠만 만날 수 있다면, 그걸로 충분해. 나는 따뜻해진 심장에 오른손을 대어보았다.

"저기, 오빠는 기억나?"

우리는 고아원 안으로 들어가는 것을 잠시 미루고, 운동장 한쪽에 놓인 시소에 앉았다. 나는 이쪽 끝, 그는 저쪽 끝에 앉았지만, 시소놀이를 할 수는 없었다. 유령인 우리에게는 무게가 없으니까. 시소는 바람이 불 때마다 삐거덕 삐거덕 소리를 내며 우리를 무시한 채 조금씩 흔들렸다.

"여기서 지냈던 일? 그럼, 잘 기억하고 있지."

"나랑 같이 지내던 때도?"

"그래."

"저기, 오빠."

불러놓고 나는 한동안 다음 말을 잇지 못했다.

"우리 부모님 이야기, 물어보고 싶은 거지?"

무이 오빠가 나 대신 말했다. 나는 대답하지 않고, 운동장 끝에 서 있는 은행나무를 바라보았다.

"돌아가셨어. 네가 태어나고 반년쯤 지난 후에."

"……어떻게?"

"사고."

나는 무이 오빠의 대답이 몹시 부당하다고 생각했다. '사고'라는 단 두 글자로 내가 이해하고 받아들일 수 있다고 생각하는 걸까? 아니면 나에게 감추어야 할 어떤 일이 있어서 자세하게 설명할 수가 없는 것일까?

"무이 오빠."

"얘기해."

"있잖아, 어떻게 이런 일이 있을 수 있어? 나는 그냥 평범한 아이로 태어나서 평범하게 자라서 평범하게 살고 있었잖아. 그런데 어느 날 갑자기 식물인간이 되어버리고, 어느 날 갑자기 지금까지 나를 키워주었던 분들이 진짜 부모가 아니라고 하고, 그런데 이제 와서 진짜 부모라는 사람들은 이미 이 세상에 없다고 하고……."

무이 오빠도 나처럼, 나를 보는 대신 은행나무에 시선을 두고 있었다.

"그래. 힘들지. 힘들다는 거 알아. 그래서 네가 몰랐으면 했어."

"차라리 그랬으면 좋았을지도 몰라. 하지만 알아버렸잖아. 이제 어쩔 수 없잖아. 그러니까 나한테 숨기면 안 돼. 다 이야기해 줘야 해. 나도 알아야 하잖아. 우리 부모님 일이고, 오빠 일이고,

내 일이잖아."

그가 나를 바라보았다.

"……그때는, 정말 작은 아기였는데. 품에 안고 있으면 너무 가벼워서, 금방이라도 사라질 것 같았는데."

무이 오빠와 나, 그러니까 우리의 아버지와 어머니가 처음 만났을 때, 두 사람은 스무 살이었다. 그들은 같은 학교, 같은 과, 같은 학번이었고 같은 종류의 사람이었다.

"같은 종류의 사람?"

"그래. 엄마는 종종 그렇게 얘기했어. 아빠와 나는 같은 종류의 사람이야. 너도 그렇지. 소이도 그렇고. 우리는 모두 같은 사람이야 하고."

무이 오빠를 처음 만났을 때, 이 사람은 나와 같은 사람이다 하고 나도 생각했다. 생각은 했지만 그런 사실이 이상하게 여겨져서 그렇게 생각하지 않으려고 했다. 그럴 리가 없잖아, 그때 나는 고개를 흔들었다. 지금 나는, 그래, 그랬던 거였어 하고 고개를 끄덕인다. 당시에는 도무지 설명할 수 없을 것 같던 일들도, 제각기 그럴 만한 이유를 가지고 있던 거였다. 다만 우리가 알지 못했던 것뿐. 아주 뒤늦게 그 이유를 깨닫게 되기도 하고, 영원히 모른 채로 살다가 잊어버리기도 하고, 그런 것일 뿐.

"두 사람이 졸업하고 얼마 안 됐을 때, 거의 비슷한 시기에 두 분 다 부모님을 잃었대. 다들 연세가 많으셨나봐. 게다가 엄마와 아버지, 둘 다 외동이어서 의지할 가족도 없고, 그래서 같이 살게 되었대."

처음에는 둘 다 일을 했지만, 곧 아이가 생겼고, 아내는 회사를 그만두어야 했다. 무이 오빠가 태어나고 여섯 해 동안, 남편의 수입만으로 꾸려나가기 빠듯한 살림이었지만 그래도 괜찮았다. 남편도 아내도 언제나 즐겁고 행복한 얼굴을 하고 있었다고, 무이 오빠가 말했다.

"그런데 내가 태어난 거구나."

뭔가 불길한 느낌이 내 심장을 때렸다. 무이 오빠의 눈치를 살피는데, 그는 활짝 웃고 있었다.

"그래. 네가 태어나던 날, 우리가 얼마나 기뻐했는지 너, 모르지. 아버지는 울고, 엄마는 울다가 웃다가, 나는 병원에서 소리를 질러대다가 혼까지 났어. 그런데 너, 그거 알아? 네 이름을 내가 지은 거."

"오빠가?"

"이름을 뭘로 지을까, 아버지가 고민하는데 엄마가, 무이에게 지어보라고 하면 어때요, 그랬어. 네 덕분에 그때까지 관심도 없었던 한글을 완전히 깨쳤잖아."

마주 보고, 우리는 웃었다. 불안의 앙금을 마음 저편으로 밀어두고.

"고마워, 오빠. 내 이름, 마음에 들어. 그런데…… 그 이름, 바뀌었을 수도 있었겠다."

"너 데리고 가는 분들, 좋은 분들이라는 것만 들었어, 나도. 원장선생님한테. 나는 못 만나게 하셨거든. 그분들 심정도 이해해. 네가 사실을 모르기를 원했으니까. 그렇게 묻어두는 쪽이 너한테 좋다고 생각하셨고, 나라도 그랬을 거야. 그래서 내가 그분들을 개인적으로 알게 되면, 네가 어디로 갔는지 알게 되면, 혹시라도 너를 찾아갈까봐 그랬던 거야. 너 보내기 전에 원장선생님한테 내가 그랬어. 딱 하나 부탁이 있는데, 이름은 바꾸지 말아달라고. 엄마랑 아버지가 굉장히 마음에 들어했거든."

"응. 다행이야. 하지만 오빠, 내가 태어나서 엉망이 된 거지, 우리 집?"

비로소 '우리 집'이라는 말이 나왔다. 하지만 아직도 엄마라거나 아버지라거나, 그런 호칭은 나를 혼란스럽게 했다. 그런 말을 들을 때, 떠올려야 할 사람들이 누구인지 알 수가 없었다. 내가 본 적도 없는 친부모인지, 나를 키워준 지금의 부모인지.

"네 탓이 아니야. 엄마가, 아팠어."

아내가 아팠다. 한밤중에 갑자기 복통을 일으켰고, 남편은 앰

블런스를 불렀다. 하지만 남편은 아내를 따라갈 수가 없었다. 생후 육 개월 된 어린 딸과 여섯 살인 어린 아들, 둘만 남겨놓을 수가 없었기 때문이다. 맡길 사람도 없었고 데려갈 수도 없었다. 아내는 혼자 앰뷸런스를 타고 병원으로 갔다. 한 시간 후, 병원에서 전화가 왔다. 위급한 상황이어서 보호자가 필요하다고, 그들은 말했다. 남편은 어린 아들의 손을 꼭 잡고 다짐했다. 금방 다녀올 테니까, 동생을 잘 돌보고 있으라고. 우리 남자들이 우리 여자들을 책임져야 한다고. 아들은 눈물을 참으며 고개를 끄덕였다.

남편은 낡은 스쿠터를 타고 병원으로 갔다. 하지만 도착하지 못했다. 그의 성급함과 부주의함 때문이었을 수도 있고, 마주 오던 승용차 운전자의 방심 때문이었을 수도 있다. 어쩌면 양쪽 모두의 잘못이었을지도 모른다. 남편이 스쿠터에서 튀어올랐다가 바닥에 떨어진 그 순간, 병원에 있던 아내의 심장이 정지했다. 아내 역시 몰랐거나 또는 오래도록 숨기고 있었던 지병 때문이었다. 남편은 병원으로 옮겨지는 도중, 숨을 거두었다. 두 아이에게 남은 건 오래전에 연락이 끊어진, 멀고도 먼 친척들뿐이었다. 여섯 살짜리 어린 아들은 몇 가지 장난감과 옷가지를 챙겨, 어린 동생과 함께 고아원으로 들어갔다. 자신을 위한 장난감은 모두 버리고, 동생이 좋아하는 것들만 가방 속에 잔뜩 집어넣어서.

"그래도 우리는 운이 좋았어. 좋은 원장선생님을 만났거든. 너도 좋은 분들이 데려갔고."

무이 오빠의 말이 맞다. 더 나빠질 수도 있는 상황이었다. 하지만 '운이 좋았다면'이라는 말은 나에게만 해당되는 이야기였다. 부모를 한꺼번에 잃어버리고, 유일한 혈육이 되어버린 어린 동생까지 보내고, 혼자 남아 고아원에서 자라야 했던 무이 오빠를 두고 '운이 좋았다'라고 말할 수는 없었다.

"그러니까 전부 나 때문이었어…… 나만 태어나지 않았어도……."

"소이야."

무이 오빠가 무서운 얼굴을 하고 나를 보았다.

"그런 말은 두 번 다시 하지 마. 절대 듣고 싶지 않아. 엄마도 아버지도, 굉장히 슬퍼하실 거야. 네가 그런 소리를 하면."

생각해보면, 무이 오빠가 나에 비해 운이 좋았던 것도 있었다. 언제나 즐겁고 행복한 얼굴을 하고 있었던 우리의 부모를 지금도 잘 기억하고 있으니까. 그들과의 즐겁고 행복한 추억을 언제라도 꺼내어볼 수 있으니까. 나에게는 없는, 앞으로도 가질 수 없을, 다정하고 따뜻한 그들과의 시간들이 그에게는 있다.

"오빠, 그분들 이야기, 조금 더 해줘."

"뭐가 궁금해?"

"뭐든. 전부 다."

미소를 지으며, 무이 오빠는 생각에 잠겼다. 그의 옆모습을 바라보다가 나는 갑자기 깨달았다. 그가 나의 진짜 오빠라는 것을 몰랐을 때, 나는 그를 사랑했다. 나는 지금도 그를 사랑한다. 그런데 뭔가가 달라졌다. 사랑이라는 것에 색깔이 있다면, 그것이 완전히 변한 것이다. 붉거나 푸르거나 개나리처럼 진한 노란색의 감정이, 그러나 어느 하나라고 말하기 힘든, 시간마다 변하고 순간마다 변하는 그런 색깔의 감정이 예전의 나를 지배했다면, 지금의 이 감정은 어딘지 투명한 물의 빛깔을 닮았다.

그건 불안이 아니라 안도이며, 열정이 아니라 평화이며, 두근거림이 아니라 한없는 부드러움이었다. 나는 그 이유를 알고 있었다. 이제 누구도 무이 오빠와 나를 떼어놓을 수 없는 것이다. 수영 언니조차 우리 사이에 있는 누군가가 될 수 없다. 무이 오빠와 나는 같은 사람이고, 같은 곳에 서서 같은 곳을 바라본다. 세상은 우리, 그리고 우리가 아닌 사람, 두 가지 부류로 나뉜다. 언젠가 내가 오빠를, 혹은 오빠가 나를 두고 먼저 떠나게 되더라도, 우리는 헤어지지 않는다. 우리는 영원히 이별하지 않는다. 우리는 가족이니까.

"그분들이 좋아하는 색깔, 좋아하는 음악, 좋아하는 음식, 좋아하는 영화와 책 같은 거, 다 알고 싶어."

"소이가 좋아하는 색깔은 뭐야?"

무이 오빠는 대답 대신 질문을 했다.

"하늘색. 하늘색은 늘 바뀌지만, 하늘이 보여주는 색깔은 다 좋아."

"좋아하는 음악은?"

"어릴 때 엄마가 불러주던 슈베르트 자장가. 지금도 그 멜로디를 듣고 있으면 기분이 아주 좋아져."

"좋아하는 음식은?"

"달콤하고 부드러운 거. 아직도 푸딩 같은 걸 좋아한다고, 친구들이 놀리고 그랬거든."

내가 좋아하는 것들을 생각하면서 나는 미소를 지었다. 그렇게 좋아하는 것들이 아직 이 세상에 있어서, 지금도 하늘을 볼 수 있고 슈베르트를 들을 수 있어서, 푸딩을 보는 것만으로도 그 맛과 혀에 닿는 감촉을 느낄 수 있어서, 다행이었다. 그러고 보면 다니엘의 말처럼, 달라지는 건 의외로 없는 것인지도 모르겠다.

"우리 엄마랑 아버지가 다 좋아하시던 것들이야."

무이 오빠의 말에, 나는 눈을 동그랗게 떴다.

"어떻게? 어떻게 그래? 내가 딸이어서? 그냥 그렇게 되는 거야? 하지만 아무리 그래도, 난 그분들 얼굴도 기억나지 않는데……."

"지금 네 부모님, 너를 데려간 다음에 고아원으로 편지를 한 번 보냈어. 원장선생님이 나를 부르셔서, 물어보셨어. 우리 엄마랑 아버지가 뭘 좋아하셨는지. 훌륭하신 분들이야. 너에게서 진짜 부모님을 빼앗지 않고, 뭔가를 전해주려고 하신 거야. 너한테 하늘을 보여주고, 우리 엄마의 자장가를 불러주고, 푸딩을 만들어주신 거지."

또르르르르, 내 뺨 위로 투명한 눈물이 흘렀다. 나는 그것을 닦을 생각도 않고, 시소에서 일어나서 씩씩하게 말했다.

"가자, 오빠."

무이 오빠의 손을 잡고, 나는 고아원 건물 안으로 들어섰다.

"소이야, 이제 겁 안 나?"

"응, 오빠. 이제 겁 안 나."

원장실에 놓인 낡은 책장 앞에서, 우리는 걸음을 멈추었다. 무이 오빠가 손가락으로 작은 액자 하나를 가리켰다.

"유일한 가족사진이야. 우리 네 식구가 다 함께 있는."

고아원을 떠날 때, 무이 오빠는 그 액자를 원장선생님께 맡겼다. 일정한 주거지 없이 떠돌아다니게 될지도 몰라서, 그러다가 그 액자를 잃어버릴지도 몰라서 그랬던 거라고, 오빠가 설명해 주었다.

나는 액자를 향해 한 걸음 다가가서, 조심스럽게 사진을 들여다보았다. 창가로 흘러들어온 저녁 햇살 속에 네 사람이 즐겁고 행복한 얼굴로 나를 보고 있었다. 그날, 그 시간, 그 순간은 영원히 사라지지 않을 거라고 약속하듯, 다정하고 따뜻하고 부드러운 미소를 지으며 언제까지나 나를 보고 있었다.

story no.12

안녕과 안녕 사이

무이 오빠가 깨어났다. 그리고 나는 죽었다.

그랬어야 했다. 그것이 내 이야기의 마지막이 되었어야 했다. 고아원에서 돌아온 다음 날, 다니엘이 말했다.

"작별 인사는 잘하고 온 거야?"

"……작별 인사라니요?"

다니엘의 말을 이해하지 못했지만 심장이 뭉클 흔들렸다. 다니엘은 여느 때처럼 신문에서 시선을 떼지 않은 채, 대답이 없었다.

"누구한테 작별 인사를 해야 하는데요?"

나는 손바닥으로 신문을, 다니엘의 시선이 닿아 있는 부분을 가렸다. 그제야 그는 고개를 들고 나를 바라보았다.

"이것저것."

"이것저것?"

"예를 들면 고아원."

"고아원이요? 고아원이 없어지나요?"

"없어지는 건 너의 기억이지."

다니엘은 신문을 접고 일어섰다. 불길한 예감이 다시 한번 나를 흔들었다.

"곧 모든 것이 끝날 거야. 그러니까 이제……."

그는 하늘을 올려다보았다. 그곳에 있는 누군가에게 허락을 구하려는 듯한 표정이었다.

"……설명을 해줘도 될 거야."

한 사람은 죽음으로, 한 사람은 삶으로.

처음부터 그렇게 정해져 있었다고 다니엘은 말했다. 정해져 있다는 건 바꿀 수 없는, 어떤 경우에도 달라질 수 없는 결과를 의미한다고.

"하지만 누가 어느 길로 가는 건지, 그건 알 수 없었어. 적어도 나는 몰랐어. 내가 알고 있었던 건, 두 사람이 반드시 갈림길에 서야 한다는 거, 어느 한쪽을 택해 같이 걸어갈 수는 없다는 거였어."

"……두 사람?"

"너와 무이."

역시 그런 거였다. 내가 예상할 수 있었던 미래 중에서 가장 최악의 미래, 가장 나쁜 시나리오의 첫 장이 열려버렸다.

"더 이상 유령이 아니게 된다는 거예요? 그러니까, 누군가는 깨어나고 누군가는 영원한 죽음으로 간다는 거예요?"

내 입에서 내 것 같지 않은 목소리가 흘러나와 다니엘에게 물었다.

"언제까지나 이런 상태로 남아 있을 수는 없어. 자연스럽지 못한 것은 오래갈 수 없으니까. 네가 식물인간이 된 지 일 년 반이 지났고, 무이는 훨씬 더 오랜 세월 동안 육체 속에 갇혀 있었잖아. 어느 쪽으로든 움직일 시간이 된 거야."

"하지만……."

"하지만 함께 깨어나면 안 되는 거냐고 묻고 싶겠지. 삶과 죽음의 길에서 갈라질 거라면 애초에 왜 무이를 만나게 된 거냐고 묻고 싶겠지. 차라리 아무것도 모르는 상태로 쭉 그렇게 살았으면 좋았을 거라고. 걱정 마. 넌 깨어날 테고 모든 걸 잊어버리게 될 거야."

기분 탓이었을까, 다니엘의 음성은 얼음처럼 차고 냉정하게 들렸다. 내 눈에서 뜨거운 눈물이라도 흐른다면 그걸 녹일 수 있을지도 모르는데. 난 그런 생각을 했지만 눈물은 나오지 않았다. 무엇보다 나에게 닥친 현실을 전혀 실감할 수 없었기 때문이다.

"하지만 무이는 널 잊지 않을 거야."

"싫어요!"

나는 소리쳤다. 다니엘은 여전히 감정이 없는 눈빛으로 나를 응시하고 있었다.

"그런 건 싫어요! 난……."

목소리가 더 이상 나오지 않았다. 다니엘은 깊은 한숨을 쉬면서 나의 손을 잡았다. 그의 손에서 따뜻한 온기가 번져 내 마음으로 스며들었지만, 이번에는 그것만으로 충분하지 않았다. 나를 휘감은 것은 천사도 어떻게 할 수 없는 슬픔이었다.

"시간이 된 거야."

창 아저씨는 그렇게 말했다.

"뭐든 시작한 건 끝날 수밖에 없잖아. 만나면 헤어지는 거야. 생명은 그런 거야. 매일 새로운 하루를 만나고 밤이 되면 헤어지고, 새로운 계절을 만나고 헤어지고, 젊은 나와 헤어져 나이 든 나를 만나고. 사람도 사랑도 그래. 축제처럼 시작되고 흥이 오르는가 하면 어느새 돌아가야 할 시간이 되는 거야."

하늘의 달은 어느새 불면 날아갈 것 같은 깃털 모양이었다. 바로 며칠 전까지 똑바로 쳐다보지도 못할 만큼 환하고 둥근 달이었는데.

"그래도 헤어지고 싶지 않을 때 헤어지는 게 행복한 건지도 몰라."

나는 그 말을 잘 이해할 수 없어서 창 아저씨의 설명을 기다렸다.

"헤어지고 싶은데 헤어질 수 없는 거, 헤어질 시간이 되었는데 아무 감정도 남아 있지 않는 거, 그런 것보다는 좋은 거잖아."

물어보고 싶은 것이 너무 많은데, 정작 단 하나의 질문도 떠오르지 않았다.

"무이는 좋은 곳으로 갈 거야. 너도 그렇고. 지금의 기억은 깨끗하게 사라질 거니까 고통도 없을 거야. 유령으로 살다가 깨어나면 그런 거더군. 이 세계를 기억하는 사람은 단 한 명도 본 적이 없어. 그래야 하고."

그제야 나는 깨달았다. 내가 정말 두려워하고 있는 건, 무이 오빠와 헤어지는 것보다 그에 대해 아무것도 기억하지 못하게 되는 것이었다.

"……기억할 수 있는 방법은 없나요?"

창 아저씨는 고개를 저었다.

"소이가 먼저 가게 해줘. 그 정도는 네 힘으로 해줄 수 있잖아."

무이 오빠가 말했다. 다니엘은 곤란한 얼굴을 하고 옥상의 난간에 기대어 어두워진 하늘을 바라보고 있었다.

"그러면 마음이 좀 나을 거 같아?"

다니엘이 물었다.

"마음 같은 건 어떻게 해도 나아질 리가 없잖아."

"그럼 무엇 때문에?"

"소이한테 잘 가라는 인사를 하게 만들고 싶지 않아. 이 아이가 먼저 가야 해. 잘 있으라고 우리한테 인사하고. 깨어나서 가족들과 다시 만나는 것까지만 보게 해줘. 그거면 돼."

"너도 곧 떠날 텐데 뭐."

시선을 돌리지 않은 채, 다니엘이 말했다.

"그러니까 애초에 그런 이야기까지 할 필요도 없었잖아. 한 명은 죽고 한 명은 살도록 정해져 있다는 둥, 그런 소릴 왜 해?"

무이 오빠는 점점 화를 내고 있었다.

"오빠, 난 괜찮아. 아니 괜찮은 건 아니지만, 아니 그보다, 정말 그래야 하는 거라면…… 다니엘, 내가 저쪽 세계로 가면 안 되는 거예요? 무이 오빠, 깨어나게 해줘요. 그럼 안 되는 거예요?"

무이 오빠가 두 팔을 내 어깨 위에 올리고 거칠게 흔들었다. 그는 화를 내고 있었다. 어지러웠다. 눈물이 나올 정도로.

"그런 소린 두 번 다시 하지 마. 우리가 만난 이유를 모르겠어? 아직도?"

무이 오빠의 품에서, 나는 울었다. 크고 따뜻한, 그리고 마지막인 그의 품은 나의 존재를 다 껴안고도 남을 것 같았다.

"나 때문이야, 소이야. 우리가 만난 건 나의 욕심 때문이었어. 잃어버린 과거를 찾고 싶다는 생각을 유령이 된 후에 줄곧 하고 있었어. 너를 보았을 때, 잃어버린 퍼즐 한 조각을 찾은 것 같은, 우리가 어딘가에서 연결되어 있다는 기분이 들었어. 내가 다니엘에게 부탁했어. 과거를 보여달라고. 다니엘은 후회할지도 모른다고 그랬어. 소중한 사람을 아프게 할지도 모른다고 경고했어. 난 그 말을 듣지 않았고, 결국 이렇게 널 아프게 했어."

"괜찮아, 오빠. 난……."

"그러니까 이 정도는 하게 해줘. 너를 배웅해줄게. 남는 건 나여야 해. 뒷모습을 보이는 건 너여야 해. 네가 다시 세상으로 돌아가서 행복해지는 걸 보게 해줘."

그때였다. 갑자기 심장에 돌이 들어간 것처럼 거북해지더니 격렬한 통증이 밀려왔다. 나는 그대로 쓰러졌다.

"시간이 얼마나 남은 거지?"

무이 오빠의 목소리가 들렸다.

"십 분 정도."

다니엘이 대답했다.

"몸이 부르고 있는 거야. 오 분 후쯤 두 번째 통증이 오고, 다시 오 분 후면 세 번째 통증. 그리고 완전히 깨어날 테고."

눈을 떴다. 아직은 아니야, 이 세계를 아직 떠나면 안 돼, 오빠에게 할 말이 남아 있어. 스스로를 다그치면서.

"오빠……."

"나 여기 있어, 소이야."

나는 무이 오빠의 무릎을 베고 누워 있었다. 오빠의 손이 내 손을 찾아 감싸쥐었다.

"다니엘, 우리 둘이 있게 해줄래?"

다니엘이 가고 나서도, 우리는 아무 말 없이 그대로 있었다. 침묵을 깨뜨린 건 나였다.

"나, 오빠를 잊지 않을 거야."

"……잊게 될 거야."

"아냐, 잊지 않을 거야. 기억할 수 있어."

무이 오빠가 조용히 웃었다.

"너 어릴 때도 그렇게 고집을 부리고 그랬어. 지금 생각났어.

이거 기억할 수 있어? 하면 넌 힘차게 고개를 끄덕였어. 말도 못
하는 아기가. 다음 날이면 다 잊어버리면서. 난 그게 재미있어서
몇 번이나 물어봤어. 이거 기억할 수 있어? 하고."

"난 이제 아기가 아니잖아."

오빠가 다시 웃었다.

"……오빠는 어떻게 되는 거야?"

"걱정하지 마. 엄마랑 아버지랑, 기다리고 있을 거니까."

"하지만…… 수영 언니는?"

"괜찮을 거야. 씩씩한 사람이니까."

수영 언니도 잊어버리지 말아야지, 나는 다짐했다. 무이 오빠
가 떠나고 나면, 내가 언니 옆에 있어줘야겠다고.

"오빠와 헤어지고 싶지 않아. 겨우 만났는데."

"헤어지는 거 아니야."

"그럼?"

"우리 고아원에서 헤어졌을 때, 헤어졌지만, 다시 이렇게 만
났잖아. 그러니까 이것도 마지막이 아니야. 엄마랑 아버지 돌아
가셨을 때 영원히 헤어진 거라고 생각했지만, 또 만날 거잖아.
엄마가 그랬잖아. 우린 같은 사람들이라고. 그런 사람들끼리는
절대로 헤어질 수가 없어."

"……그래도 나 혼자 여기 있어야 하잖아. 빨리 다시 만났으

면 좋겠는데."

"내가 항상 곁에 있을 거야. 엄마, 아버지도 그렇고."

"하지만 나, 기억이 안 나면 어쩌지? 정말로 다 잊어버리면?"

"그건 그것대로 좋은 거야. 너무 아프지 말라고 그러는 거야. 그리고 나중에 다 기억날 거야. 우리가 하늘에서 다시 만나면."

두 번째 통증은 첫 번째보다 더욱 격렬했다. 심장이 불규칙적으로 삐걱거리고 거친 호흡이 시작되었다. 어렴풋이 내가 누워 있는 병실의 풍경이 무이 오빠의 모습에 겹쳐졌다. 그러나 나는 참아냈다.

"오빠……."

"힘들어. 말하지 마."

"……오빠를 만나서 좋았어."

"나도 그래."

눈앞에 동그란 불빛이 떠올랐다. 불빛은 나의 눈동자를 따라 잡기 위해 이리저리 움직였다. 나는 그것을 피하고 싶었지만 그럴 수가 없었다. 모든 것이 희미해져갔다. 나는 오빠를 놓치지 않으려고, 그를 잡고 있는 내 손에 힘을 주었다.

"소이야, 소이야! 눈을 떠봐!"

누군가 나의 이름을 부르고 있었다.

"소이야! 엄마야! 소이야!"

엄마의 목소리가 파도처럼 밀려왔다.

"소이야, 어서 가. 괜찮아."

내가 그 세계, 그러니까 유령의 세계에서 마지막으로 들은 건 무이 오빠의 목소리였다. 다행이다.

그때 나는 횡단보도 앞에 서 있었다.

청명한 햇살이 반짝이는 초여름이었다. 맹장염 수술을 한 친구 정은이를 보러 병원에 왔다가 돌아가던 길, 함께 간 친구들과 헤어진 직후였다. 횡단보도에는 파란불이 깜박이고 있었고, 나는 길을 건너고 있었고, 트럭이 달려와 나를 치었다. 나의 영혼은 내 몸에서 빠져나왔다.

그때 나는 스물셋이었다. 평범한 대학생이었다. 꼬박꼬박 강의 들어가고 리포트 내면서 학점 관리하고, 친구들과 쇼핑을 다니고, 남자친구와 영화를 보았다. 되고 싶은 것도 없었고 졸업 후에 뭘 하겠다는 목표도 없었다. 남들이 물어보면 선생님이 될까봐요, 대답했지만 딱히 준비를 하고 있는 것도 아니었다.

그리고 일 년 반이라는 시간이 지나갔다. 모든 것이 변했다. 나는 더 이상 스물셋이 아니고 더 이상 평범하지 않다. 친구들은 졸업을 했고 남자친구는 내 인생에서 사라졌다. 그 사실이 기쁘지도 슬프지도 않았다. 내가 깨어났을 때 엄마는 울었다. 아빠도 아마 울었을 거라고 생각한다. 눈이 빨개져 있었으니까. 그들에게 그 시간은 끝이 보이지 않는 터널과 같았을 것이다. 그 터널 안에서 희미한 빛 하나를 찾아내기 위해 무작정 걷고 또 걸었을 것이다. 나는 그 시간 동안 무얼 했던가. 그 터널 안에서 나는 누구를 만나고 무엇을 보았던가.

까만 물감으로 덧칠해놓은 것처럼, 처음에 그 시간들은 막막했다. 그러나 나는 포기하지 않았다. 그 속에 중요한 어떤 것, 잊어버리면 안 되는 누군가가 있다는 것을 알고 있었다. 생각을 조금만 해도 머리가 부서질 것처럼 아팠지만 나는 정신을 집중하고 또 집중했다. 조금씩 덧칠이 벗겨져나갔다.

그곳에 그런 세계가 있었다. 삶도 아니고 죽음도 아닌 세계, 머물 수도 없고 갈 곳도 없는 세계, 잠시 빛나다가 곧 먼지처럼 사라지는 세계, 그리하여 가끔 숨이 막히도록 벅차고 아름다운 세계. 그곳에 그런 사람이 있었다. 좋은 사람, 따뜻한 사람, 나와 같은 피를 가진 사람, 나와 같은 사람……

나는 모든 것을 기억해냈다.

"괜찮아?"

그것이 무이 오빠의 첫마디였다.

─괜찮아, 오빠.

무이 오빠가 세상을 떠나던 날, 창을 향해, 창밖의 하늘을 향해, 하루 종일 내리는 비를 향해 나는 말했다. 누구도 말해주진 않았지만, 오빠의 영혼이 지금 막 삶을, 아니 삶과 죽음 사이의 세계를 벗어나려 하고 있다는 것을 나는 알 수 있었다.

—그래, 알아, 소이야.

오빠가 속삭였다. 오빠의 목소리는 부드럽고 평화로웠다. 나는 안심했다. 오빠는 괜찮은 거다. 나도 괜찮은 거다. 우리는 다 괜찮은 거다.

—오빠, 나, 하고 싶은 것이 생겼어.

그 말을 꼭 해주고 싶었다.

—뭔데?

오빠가 물었다. 그의 목소리는 투명한 공기처럼, 빗소리처럼, 대기를 가득 채웠다. 나는 그 어느 때보다 오빠의 음성을 잘 들을 수 있었다.

—우리가 자라난 고아원으로 갈 거야. 그곳에서 아이들과 같이 살 거야.

오빠의 낮은 웃음소리가 들렸다.

—그래. 넌 사랑이 많은 아이니까, 잘해낼 거야.

—응. 난 사랑을 많이 받은 아이니까.

숨을 크게 들이마셨다 내쉬고, 나는 인사를 했다.

─안녕, 무이 오빠.

─안녕, 소이야.

헤어질 때의 안녕과 다시 만날 때의 안녕이 같은 말이라서 다행이다. 안녕과 안녕 사이가 아무리 멀어도, 안심이 된다. 나와 무이 오빠도 그렇다. 삶과 죽음도 그렇다. 우리는 같은 곳에서 시작되어 잠시 멀어졌지만, 언젠가는 다시 만난다. 지금보다 조금 더 좋은 곳에서, 지금보다 조금 더 높은 곳에서. 나와 무이 오빠는, 삶과 죽음은, 안녕과 안녕은.

그러니 이제 나의 긴 이야기를 들어준 당신에게도 이 말을 해야겠다. 안녕. 하지만 이게 마지막은 아니에요.

postscript no.1

데이지의 이야기

바람의 집

내 이름은 데이지. 아일랜드의 어느 시골에 있는 작은 식당에서 자랐어요. 태어난 곳은 몰라요. 다섯 살쯤 되었을 때, 그 식당에 버려졌으니까요.

봄이 막 시작되려던, 비가 아주 많이 내리던 날이었대요. 그런 날이었는데도 손님들이 유난히 많아서, 주인아저씨는 주문을 받고, 요리를 하고, 테이블을 차리고 치우는 일을 수십 번이나 반복했대요. 저녁이 되었을 때 식당 안은 손님들이 신발에 묻혀온 진흙들로 질척질척해졌고, 주방에는 빈 접시들이 산더미처럼 쌓였고, 그런데도 비는 어찌나 많이 내리던지, '마음이 갈팡질팡이었다'라고 아저씨가 그랬어요.

접시들을 반짝반짝 닦아놓고, 세제를 풀어 주방을 싹싹 닦고, 테이블과 식당 바닥도 반질반질 윤이 나도록 청소를 하고, 뜨거운 커피 한 잔을 타놓고 한숨을 돌리려는데, 어디선가 고양이 울음소리 같은 것이 났대요. 길 잃은 고양이가 비를 피해 숨어들었나 하고 여기저기 살펴보던 아저씨가, 낡은 피아노 뒤에 몸을 웅크리고 숨어 있던 나를 발견한 거예요. 나는 식당 바닥에 떨어져 있던 파이 한 조각을 손에 쥔 채 오들오들 떨고 있었대요.

"아가, 이리로 나오렴."

아저씨는 손을 뻗었지만, 나는 꼼짝도 않더래요. 할 수 없이 아저씨는 주방으로 가서, 다음 날을 위해 준비해두었던 감자수프 한 그릇을 떠왔대요.

"이것 봐. 김이 모락모락 나지? 나와서 이걸 좀 먹어봐. 우리 식당의 감자수프는 정말로 맛있거든."

내가 피아노 뒤에 숨어 있었던 일은 기억나지 않아요. 어째서 그날 그런 곳에 있었는지도 모르겠어요. 그러나 그 감자수프 맛은 절대 잊을 수가 없어요. 그건 정말로 맛있었거든요.

내가 그릇을 깨끗하게 비우고 나자, 아저씨는 따뜻한 물을 받아 나를 씻기고 옷을 갈아입혔대요. 내가 입고 있었던 옷이 진흙 투성이였던 데다가, 나 역시 진흙 속에서 굴러다니다가 온 아이 같아서 그냥 둘 수가 없었대요. 그날 밤, 나는 아저씨의 낡은 셔츠를 입고 그곳에서 잠이 들었대요.

다음 날 아침, 하늘이 말갛게 개고 들판 가득히 데이지가 피어났대요. 그래서 아저씨는 나에게 데이지라는 이름을 붙여주었어요.

　그러니까 나는 누군가 버리고 간 아이였어요. 그날 다녀간 손님들이 너무 많아서, 아저씨는 나를 두고 간 사람이 누군지 알아내지 못했어요. 굉장히 오랫동안 생각에 생각을 거듭하고, 식당을 다녀가는 사람들에게 일일이 물어보기도 했지만, 아무런 소용이 없었어요. 어쩌면 나 혼자 그곳까지 걸어왔을지도 모르는 일이고요.

　그래서 나는 내가 언제 태어났는지, 어디에서 왔는지, 부모가 어떤 사람들인지, 원래 이름은 무엇인지, 아무것도 모르는 채로 주인아저씨와 같이 살게 되었어요. 내가 앞을 잘 볼 수 없다는 사실을 알게 된 아저씨는 식당 안에 있는 물건들에 대해 아주 자세하게 설명을 해주었고, 내 손을 잡고 이리저리 다니면서 그들을 만져보게 하고 놓인 위치를 알려주었어요. 그리고 그 물건들의 자리를 절대로 바꾸지 않았지요. 손님들이 무심코 화병 하나라도 옮기려 하면, 아저씨는 화까지 내어가며 그들을 만류했어요.

　아저씨는 나를 딸처럼 키웠고, 나는 곧 그 식당에서 없어서는 안 될 존재가 되었어요. 아저씨가 정신없이 바쁜 날이면 손님들이 나에게 밥을 먹이고 옷을 갈아입혔어요. 손님 중의 한 사람은 도시의 커다란 서점에서 『점자로 세상을 열다』라는 책을 사와, 내게 선물로 주기도 했어요. 식당 앞에 펼쳐진 들판에서는 데이지를 비롯하여 여러 가지 향기를 풍기는 꽃들이 피어났고, 나는 그것을 꺾어다가 테이블을 장식할 만큼 그곳에 익숙해졌죠.

아저씨와 같이 산 지 두 해쯤 지났을 때, 어느 날 손님 중의 한 사람이 생일을 맞았어요. 아저씨는 달콤한 향이 나는 딸기케이크를 구웠죠. 케이크를 막 자르려고 할 때, 누군가 '데이지의 생일은 언제죠?' 하고 물었어요. 아저씨는 잠깐 망설이다가 '그러고 보니 데이지의 생일도 오늘이군요' 하고 대답했어요. '그럼 몇 살이죠, 이제?' 누군가 물었고 아저씨는 '이제 일곱 살이네요'라고 했어요. 그런 질문을 받고 대답을 하면서 '마음이 울씬 울씬했다'라고 아저씨는 나중에 얘기했죠. 그때부터 나에게도 생일과 나이가 생겼어요.

다음 해 생일이 지난 후, 아저씨는 나를 보낼 만한 학교를 찾아보았지만, 앞이 보이지 않는 나를 받아줄 특별한 학교는 그 시골에 없었어요. 그렇다고 기숙사가 있는 도시로 보내기에는 아저씨가 좀 가난했고, 나도 원하지 않았죠. 그 대신 식당에 가끔 들르는 학교 선생님 한 분이 틈날 때마다 나에게 여러 가지를 가르쳐주었고, 손님들은 도시를 다녀올 때마다 내가 읽을 수 있는 점자책을 사다주곤 했어요.

그 작은 식당 안의 모든 것은, 그렇게 해서 나에게 가장 익숙한 세계가 되었어요. 그건 작지만 완벽한 세계였고, 그 외의 다른 세계는 나에게 필요하지 않았어요. 나의 하루하루는 그렇게 소박하고 조용하게 흘러갔어요. 그 사람이 내 앞에 나타나기 전에는요.

우리는 그를 클라우드라고 불렀어요. 구름처럼 온 세계를 떠돌아다니는 사람이었거든요. 클라우드에게서는 바람의 냄새가 났어요. 그래서 그가 식당 안으로 처음 들어서던 순간, '이 마을 사람이 아닌 사람'이 왔다는 사실을 나는 가장 먼저 알게 되었어요. 다른 사람들이 눈으로 그를 보기 전에, 그에게서 풍기는 바람의 냄새로 말이에요.

그는 창가에 있는 '오렌지' 테이블에 앉았어요. 우리 식당의 테이블에는 저마다 이름이 붙어 있는데, 그건 아저씨와 나 사이에만 통하는 암호 같은 거였어요. 새로 손님이 들어와서 테이블에 앉을 때마다 아저씨는 내 옆으로 다가와서 테이블의 이름을 조용히 일러주었어요. 그러면 나는 오렌지, 토마토, 올리브, 셀러리, 레몬 같은 이름이 붙어 있는 테이블로 가서 주문을 받았죠.

"데이지가 참 예쁘군요."

그것이 클라우드의 첫마디였어요. 나는 얼굴이 빨개졌고 주위에 있던 손님들은 한꺼번에 웃음을 터뜨렸어요.

"아니, 그렇게 당황해할 필요 없어요. 당신이 말을 잘못한 게 아니니까. 거기 앞에 서 있는 그 아가씨 이름이 데이지거든요. 데이지, 예쁘죠?"

사람들의 반응 때문에 그가 좀 당황해했던지, 손님 중 한 사람이 그렇게 말했어요.

"아, 저는, 아, 예……."

"봄에도 여름에도 가을에도 데이지가 피어요. 여긴 처음이시죠?"

내 말에 그는 짧게 웃었어요. 참으로 듣기 좋은 웃음소리였죠.

"저, 괜찮으시면 이 지도 좀 봐주시겠습니까? 숙소를 찾아야 하는데, 길을 헤매다가 여기까지 왔거든요. 그러니까 여기로 가려는데……."

"아, 내가 봐드릴게요."

다른 손님이 다시 끼어들었어요.

"데이지는 앞을 못 봐요. 여기가 오늘 묵어갈 곳입니까?"

그는 아까보다 더욱 당황한 듯했어요.

"괜찮아요. 데이지도 우리도 신경 쓰지 않으니까. 아아, 여기서 가까운 곳이군요. 식사를 마치고 나면, 안내해드리죠."

'여기서 가까운 곳'이라는 말이 내 심장을 뛰게 했어요. 내 머리보다 심장이 먼저 반응을 한 거예요. 나는 놀라기도 하고 부끄럽기도 해서 주문도 받지 않고 주방으로 들어가버렸죠. 그때 저는 서른셋, 적지 않은 나이였지만 연애는커녕 남자와 데이트 한 번 해본 적이 없었어요. 데이트 신청을 받은 적은 있었지만, 그냥 내게 호의를 가지고 있는 사람들이 친절함을 표시한 것이었을 뿐, 그들이 정말로 나를 사랑하는 건 아니라고 생각해서 거절을 하곤 했죠. 하지만 뭔가가 달라진 거예요. 클라우드가 나를 사랑하거나 아니거나, 그런 건 중요하지 않았어요. 그날부터 나는 그 사람을 사랑하게 되었고, 클라우드를 만나기 전으로 돌아갈 수가 없게 된 거예요.

그때 클라우드는 스물세 살이었고 여행을 다니면서 사진을 찍는다고 그랬어요. 다음 날에도 그다음 날에도 그는 점심과 저녁 식사를 하러 우리 식당으로 왔어요. 하루나 이틀쯤 묵을 예정이었는데, 마을이 너무 마음에 들어서 일정을 미루고 있다는 이야기도 들었죠. 클라우드와 마을 사람들은 금방 친해져서 식사 때마다 모여 앉아 이런저런 이야기를 했거든요. 물론 나는 그 옆에 가지도 못하고, 멀리서 그들의 이야기를 엿듣기만 했어요.

그 사람과 제대로 된 이야기를 한 건 일주일쯤 지난 다음이었어요. 점심시간이 다 지나도록 그가 나타나지 않아서 나는 풀이

죽어 있었죠. 그때까지 식사도 하지 않은 채 한숨을 쉬고 있는데, 주인아저씨가 무슨 일이 있느냐고 묻기에, 아무것도 아니라고 대답하고 내 몫의 식사를 차려 혼자 먹기 시작했어요. 접시가 반쯤 비었을 때, 바람이 그의 체취를 싣고 먼저 들어왔어요. 나는 벌떡 일어나서 그를 맞았죠.

"아, 제가 좀 늦었네요. 뭐든 간단한 거면 되는데, 식사를 할 수 있을까요?"

"그럼요. 앉으세요."

"아아, 데이지도 식사를 하는 중이었네요. 괜찮으면 같이 앉아도 될까요?"

주인아저씨가 감자수프와 빵을 가져다주었고, 우리는 마주 앉아 식사를 했어요. 차도 마셨죠. 테이블 한쪽에 그의 카메라가 놓여 있다는 것을 나는 알고 있었어요. 차를 따르려고 주전자에 손을 뻗었을 때 낯선 감촉의 물건이 손끝을 스쳤거든요.

"이게…… 카메란가요?"

나는 카메라에 손가락을 살짝 갖다대고 물었어요.

"그래요. 만져봐요."

그는 카메라를 내 쪽으로 밀어주었고 나는 천천히 그것을 더듬었어요. 그리고 그것의 형체를 상상해보았어요.

"당신은 어떤 사진을 찍나요?"

용기를 내어, 내가 물었어요.

"이것저것. 나무라거나 강물이라거나 꽃 같은 거요. 당신에게도 보여주고 싶……."

그가 흠칫, 입을 다물었어요.

"오늘 날씨는 어때요? 습기가 많은 것 같은데, 흐린가요?"

나는 일부러 밝은 목소리로 다시 물었어요.

"무척 흐리네요. 금방이라도 비가 올 것 같아요."

"흐린 날, 좋아해요?"

"그다지……."

"구름이 보고 싶어요."

"아아, 구름이라면 오늘 하늘에 잔뜩……."

그가 다시 말을 멈췄어요.

"흐린 구름 말고, 하얀 구름이요. 내 기억 속에 있는 맑은 날 하늘의 구름은 정말정말 하얗고 폭신폭신하거든요."

"흐린 날을 싫어하시는군요."

"싫어하는 건 아니지만. 하얗고 폭신폭신한 구름을 좋아해요. 다른 모양의 구름은 잘 기억나지 않고."

아아. 아아. 아아. 그는 몇 번이나 그런 소리를 내다가 돌아갔어요. 그리고 다음 날부터 내게 구름 이야기를 들려주었죠.

"데이지, 서쪽 하늘 끝에 작고 귀여운 구름이 몽실몽실 떠돌고 있어요."

"데이지, 거대한 꽃잎 모양의 구름이 지금 우리 머리 위를 지나가고 있어요."

"데이지, 오늘은 바람이 많이 불어서 하늘의 구름들이 당신의 손가락처럼 아주 가늘게 흐르고 있어요."

데이지, 데이지, 데이지…… 클라우드가 내 이름을 부를 때면, 나는 구름 속에 파묻히는 기분이었어요. 하얗고 폭신폭신한 구름에 안겨 하늘을 날아가는, 그런 기분. 그리고 어느 날 그가 말했어요.

"데이지, 구름 사진을 찍기 시작했어요. 일지도 써요. 오늘은 어떤 모양의 구름을 보았다, 데이지에게 이렇게 말해주었다, 그런 겁니다. 난 그걸 구름일지라고 불러요. 언젠가 데이지, 당신에게 내 사진들과 일지를 보여주고 싶어요."

그는 매일 나를 찾아왔고, 나와 함께 있는 시간이 점점 늘어갔어요. 식당이 문을 닫고 나면, 우리는 어깨를 기대고 나란히 앉아 많은 이야기를 나누었죠. 그는 나보다 열 살이 어렸지만, 나와 비교할 수도 없을 만큼 많은 것을 알고 있었어요. 스무 살 때 여행을 시작해서, 이미 스무 개가 넘는 나라와 도시를 거쳐온 거였으니까요.

나는 그의 발자국이 닿았던 모든 곳의 모든 이야기를 알고 싶었어요. 그가 본 풍경들, 그가 만난 사람들, 그가 들은 노래들, 그의 손길이 닿은 어느 낯선 숙소의 작은 등과 창문의 모습, 그의 숨결이 남아 있는 카페의 공기를 느끼고 싶었어요. 그가 본 수많은 해돋이와 노을, 밤하늘과 폭풍, 소나기와 무지개를 보고 싶었어요. 그리고 무엇보다 그의 모습을, 그가 내게 속삭일 때의 그 표정을, 어떤 눈빛을 하고 있는지를, 어떤 방식으로 입술을 움직이는지를, 어떻게 미소 짓는지를 보고 싶었어요. 나는 날마다 조금씩 마음이 더 아파졌어요.

그렇게 한 달이 지났어요. 그날 오후에 비가 내렸고, 기온이 갑자기 내려갔어요. 곧 겨울이 오리라는 것을 우리 모두 알고 있었죠. 데이지는 봄에도 여름에도 가을에도 피지만, 겨울이 들판을 찾아오면 자신들의 자리를 하얀 눈에게 내어줘야 해요. 나는 조금 쓸쓸해졌고, 뭔가가 끝나가고 있다는 것을 깨달았어요.

그리고 클라우드가 왔죠. 나를 사랑한다는 이야기를 하러. 그래서 나는 대답했어요. 나도 당신을 사랑한다고. 그러자 그는 내 손가락에 반지를 끼워주며, 자신과 결혼해달라고 했어요. 나는 고개를 저었어요. 나중에 그 이야기를 들은 주인아저씨는 '마음이 아릿아릿하다'고 했죠. 그다음 이야기는 당신도 잘 알 거예요. 다음 날, 그는 짐을 꾸려 마을을 떠났고, 우리는 다시 만날 수 없었어요. 그가 떠나고 삼 년이 지난 후에, 나는 식당 안에 있는 자그마한 내 방에서 눈을 감았으니까요.

당신은 의아해하겠죠. 그와 함께할 수 있는 삶을 붙잡지 않았던 나를 이해할 수 없는 게 당연해요. 이제 와서 돌아보면, 나 자신도 그때의 나를 이해할 수가 없으니까요. 하지만 나는 그를 보내야 한다고 믿었어요. 내 진실한 사랑을 증명할 수 있는 방법은 그것뿐이라고 생각했어요. 그는 구름 같은 사람, 정착할 수 없는 사람, 이 세상을 영원히 떠돌아다녀야 하는 사람이었으니까요. 그래야만 행복해질 수 있는 사람이었으니까요. 그는 바람이었으니까요. 나는 그를 가둬두는 감옥이 되고 싶지 않았어요. 그를 묶어두는 덫이 되고 싶지 않았어요. 나는 그의 불행이 되고 싶지 않았어요. 게다가 그는 겨우 스물셋이었잖아요.

그러나 그렇게 떠난 그 사람은, 정말 행복했을까요? 서로를 행복하게 만들어줄 수 있는 단 하나의 사람을 만났는데, 우리 너무 서둘러 헤어져버린 건 아니었을까요? 그와 함께 있을 때 내가 가장 아름다웠듯이, 나와 함께 있을 때 그는 가장 평화로웠던 건 아니었을까요? 온 세상을 떠도는 바람에게도, 언제나 같은 자리에서 기다려줄 집이 필요했던 건 아니었을까요?

언젠가 그는 이런 말을 했어요.

"데이지, 세상에서 가장 예쁜 구름은 노을이 막 지기 시작할 때, 들판 위를 천천히 맴도는 구름이야. 마치 들판에 핀 데이지를 감싸안듯이, 따뜻하고 포근하고 부드러운 리듬으로 흘러가. 그보다 더 멋진 풍경은, 이 세상 어디에도 없을 거야."

데이지인 나는 구름인 그와 함께, 따뜻하고 포근하고 부드럽게 흘러가고 싶었어요. 그것이 내 세계의 전부, 가장 완벽하고 가장 특별한 세계의 모든 것. 이제 나는 그가 늘 올려다보던 하늘에서 다시 데이지로 피어나, 구름인 그가 나를 찾아줄 날을 기다리고 있어요. 그의 세상을 온전히 가지고 있는 내가 아니면, 바람인 그가 안심하고 머물 수 있는 집은 없을 테니까요. 그날, 나는 누구보다 먼저 그가 몰고 오는 바람의 냄새를 맡을 수 있을 거예요. 그리고 누구보다 먼저, 그를 마중하러 갈 거예요. 그의 체취를 나보다 더 잘 느낄 수 있는 사람은, 지상에도 하늘에도 없지 않겠어요?

postscript no.2
엘의 이야기

히치하이커

고등학교 때 내 별명은 히치하이커였다. 그때는 물론이고 지금까지도 히치하이킹을 해본 적은 없지만, 나는 그 별명이 부당하다고 생각하지는 않는다. 내 인생은 그랬다. 지나가는 차를 얻어타고 바꿔타고 그러면서 여기까지 흘러온 날들이었다. 엄마에게 물려받은 동그랗고 앳된 얼굴에 살짝 난감한 표정을 띠고 멀리서 다가오는 차를 향해 손을 드는 것만으로, 내가 원하는 목적지에 이를 수 있었던 것이다. 운전도 하지 않고 차비도 내지 않고 어디에나 쉽게 편승하는 것이 나의 인생이다. 그리고 그렇게 살 수 있는 것도 따지고 보면 엄마 덕분이다. 엄마가 나에게 물려준 것이라고는 그것 하나밖에 없지만.

"저 애는 아무것도 하지 않는데, 항상 제일 좋은 자리에 앉아 있다니까."

내 친구들, 아니 친구라고 하기는 뭣하고 나와 같은 학교를 다니던 아이들은 그렇게 수군거렸다. 내 뒤에서만 그런 게 아니라 보란 듯이 입을 삐쭉 내밀며 들으란 듯이 큰소리로. 선생님들이 지나칠 정도로 나를 예뻐했다는 건 나도 인정한다. 내가 정말로 아무것도 하지 않았다는 것도. 아무것도 하지 않은 것으로 말하자면 그 아이들에게도 마찬가지이다. 선생님들이 나를 좋아할 만한 짓을 특별히 하지 않은 것처럼, 아이들이 나를 싫어할 만한 짓도 딱히 하지 않았다. 내가 자신들보다 예쁘다고 생각해서, 내가 자신들보다 사랑받는다고 생각해서, 나를 무턱대고 싫어했던 것이다.

　사랑이라니.

　내가 받은 것이 사랑이 아니라는 것에 대해 설명을 하자면 몹시 골치 아프고 복잡해지니까 그 이야기는 다음에 하기로 하자. 어찌 되었거나 나는 평탄하게 흘러왔고 지금도 많은 이들이 부러워하는 삶을 누리고 있다. 스물일곱에 결혼을 했고 남편은 그때까지 내가 만난 남자들처럼 부유하고 능력 있고 자상한 데다가 훤칠한 외모를 가졌다. 그의 성품은 또 어떤가. 내가 클럽에서 밤을 새고 돌아와도, 머리끝부터 발끝까지 명품으로 휘감고 나갔다가 그걸 다 벗어던진 다음 새로운 명품으로 몸을 감싸고 들어와도, 카드명세서에 천문학적인 숫자가 찍혀 있어도, 싫은 내색 한 번 비치지 않는 사람이다.

"스물한 살이나 많다고? 너보다?"

그 사람에 관한 이야기를 처음 꺼냈을 때 엄마는 소리를 질렀지만 백만 원짜리 백화점 상품권 두 장과 함께 엄마가 갖고 싶어하던 로버미니의 열쇠를 내밀자 눈초리가 바로 내려갔다.

"그 연세에 로버미니라니, 너무 발랄하신 거 아닌가? 색깔은 까만색이라 그랬지?"

그 사람은 웃으며 그렇게만 말했다. 그러고 보니 엄마에게 물려받은 게 또 하나 있었다. 돈과 사치야말로 삶을 풍요롭게 만드는 최고의 가치라고 생각하는 그녀의 속물근성이다. 엄마가 속물이고 내가 속물인 것에 대해 그 사람에게 미안해할 필요는 없었다. 그 역시 속물이니까.

결혼 직전에 정신과 상담을 잠깐 받으러 다닌 것 역시, 속물근성에서 비롯된 빗나간 사치의 일종이었다. 유럽이나 미국을 배경으로 한 영화나 드라마에서 정신과 의사와 상담하는 사람들을 보면서, 지적인 정신과 의사와 금지된 사랑에 빠지는 나 자신을 상상하곤 했다. 그런 종류의 지적 허영은 엄마에게서 물려받은 건 아니니까, 내가 알지 못하는 아버지라는 사람이 내게 남긴 것인지도 모른다.

정신과 의사와 사랑에 빠지는 시기가 결혼 직전이라면 꽤 드라마틱할 거라고 나는 생각했다. 그리고 공들여 시나리오를 짜기 시작했다. 수소문 끝에 이율이라는 사람을 찾아냈고, 엄마가 애용하는 사설탐정과 역시 엄마가 애용하는 용하다는 점쟁이의 검증을 거쳐 그를 타깃으로 정했다. 사설탐정에 의하면, 그는 잘 생긴 서른셋의 싱글인 데다가 한때 국가대표가 될 뻔했을 만큼 수영 실력이 대단하며, 당연히 수영으로 다져진 탄탄한 근육을 지닌 사람이었다. 점쟁이에 의하면, 그의 사주팔자에는 물이 많아서 감수성이 풍부하고 동정심이 깊으며, 더불어 불의 기운이 충만해 있어서 모든 열정 앞에 타오를 준비가 되어 있다는 것이다. 다만 신중한 성격과 책임감 때문에 지금까지 이렇다 할 로맨스는 없었으며, 따라서 닥쳐올 로맨스에 모든 것을 내던질 가능성이 충분하다는 것이 두 사람의 결론이었다. 그리하여 나는 당장 나의 판타지를 실현에 옮기기로 했다.

"선생님한테는, 사랑이 깃털처럼 가볍죠?"

그것이 나의 첫마디였다. 예상대로 그는 당황했고, 예상대로 나의 페이스에 휘말렸다. 너무 쉽고 간단하잖아. 나는 어쩐지 맥이 빠져서 오렌지색 소파에 누워버렸다. 눈을 감고 있었지만, 그가 나의 짧은 스커트 아래로 드러난 다리를 흘끔거리고 있다는 건 잘 알고 있었다. 남자들이 나의 매력에 순종하기 시작할 때의 쾌감이 밀려왔고, 나는 그대로 잠이 들었다. 그리고 지금은 기억 나지 않지만 뭔가 좋은 꿈을 꾸었다.

나는 미스터리여야 했다. 그의 모든 환자들이 그에게 까발려 진 비밀이라면, 나는 완벽하게 감추어진 미스터리여야 했다. 꽤 나 복잡한 나의 가족사와 환경, 정신과 의사라면 솔깃해할 콤플 렉스와 트라우마, 옷장 속에 숨겨둔 비밀과 거짓말 같은 것에 대 해 그는 아무것도 몰라야 했다. 그가 나를 해석할 수 없게 하는 것, 그것이 가장 중요했다.

이를테면 결혼이 가져다줄 의무와 책임도 싫고 그렇다고 먹고 살 돈을 벌기 위해 일을 하는 것도 싫었던 우리 엄마가 돈이 무지 하게 많은 남자를 유혹해서 나를 가졌다는 이야기, 본부인에게 알리지 않는다는 조건으로 육십 평대의 아파트와 한도액이 없는 남자 명의의 신용카드와 12층짜리 빌딩 하나를 받았다는 이야기, 나는 태어나자마자 나보다 기껏 스무 살쯤 많은 유모의 손에 맡 겨져서 다섯 살 때까지 그 여자를 엄마라고 불렀다는 이야기, 공 주처럼 차려입고 예쁜 짓을 하면 내가 원하는 건 무엇이든 가질 수 있다는 것을 가끔 만나는 엄마에게 배웠다는 이야기, 제법 여 자티가 나기 시작할 때부터 한 달에 한두 번 바뀌는 엄마의 남자 친구들에게 노골적인 유혹을 받았으며 나는 그것을 이용해 그들을 조종했다는 이야기, 초등학교 입학하여 대학교를 졸업할 때까지 아무것도 하지 않고 항상 가장 좋은 자리에 앉아 가장 좋은 대접을 받았다는 이야기, 그 결과 순수한 사랑 따위는 엿이나 먹으라는 철학을 갖게 되었다는 이야기…… 같은 거 말이다.

아닌 게 아니라, 내 인생은 히치하이킹의 연속이었다. 내 옆에는 언제나 나를 공주처럼 떠받들어주는, 내가 가고 싶어하는 곳으로 데려가주는, 내가 원하는 것을 손에 쥐여주는 누군가가 있었다. 카페에 가서 커피를 시키면 서비스로 케이크가 따라나오고 택시를 타려고 하면 지나가던 남자가 문을 열어주었다. 서점에서 한 바퀴 둘러보기만 하면 누군가 다가와서 어떤 책을 찾고 있느냐고 물었고, 책을 찾아 건네주는 대신 자신이 그걸 사서 내게 선물해주면 안 되겠느냐고 공손하게 애원했다.

그러니까 한마디로 나는 모든 남자들의 욕망이었다.

"나에게는 사랑이 무거워요."

이율에게, 나는 그렇게 말했다. 그러나 그건 사실이 아니었다. 나에게 사랑은 무거울 것도 가벼울 것도 없는, 아무것도 아닌 무엇이었다. 사람들은 앞 다투어 사랑이라는 단어를 사용하지만, 그 속에는 욕망만 존재한다는 것을 나는 태어날 때부터 알고 있었다. 엄마는 아버지를 사랑하지 않았고 아버지 역시 엄마를 사랑하지 않았다. 아버지는 나도 사랑하지 않았다. 그는 단 한 번도 내 앞에 자신의 모습을 드러낸 적이 없었다. 나 역시 그들을 사랑하지 않았다. 나는 단 한 번도 내 아버지의 존재를 궁금해한 적이 없다.

엄마에게 꽤 많은 돈을 받고 나를 기른 유모도 나를 사랑하지 않았다. 그녀가 사랑한 것은 넓고 화려한 아파트, 싫증났다는 이유로 엄마가 옷방에서 추방해버리는 옷과 가방과 신발들, 나를 재운 후 몰래 불러들이는 다양한 애인들이었다. 나도 그녀를 사랑하지 않았다. 그래봤자 너는 식모나 다름없어, 내가 너를 쫓아내면 갈 곳도 없잖아, 나는 생글생글 웃으며 그렇게 잔인한 소리를 하곤 했다. 그때마다 그녀는 사색이 되어 내 비위를 맞추느라 전전긍긍했고, 나는 달콤한 목소리로 더욱 잔인한 말들을 퍼부어댔다.

그런 나에게 사랑이 무거울 리가. 나는 다만, 사랑으로 인해 철저하게 망가지는 한 사람을 보고 싶었을 뿐이었다. 그 사람이 가능하면 지적이고 부유하고 머리 좋고 수많은 여자들의 동경을 한 몸에 받는 사람이었으면 했다. 그런 사람이 사랑 때문에 가장 높은 곳에서부터 가장 낮은 바닥으로 추락하는 모습을 보면서, 세상 인간들이 목숨 걸고 있다는 사랑을 마음껏 비웃어주고 싶었다. 그것으로 이런 내 인생을 정당화하고 싶었다.

나의 실험은 실패로 끝났다. 그는 나를 사랑하게 되었고, 한 발짝만 밀어붙이면 벼랑에서 떨어져 산산조각으로 부서질 것처럼 보였지만, 나는 승리자가 아니었다.

"저, 선생님을 사랑해요."

내가 그렇게 말했을 때, 거기에는 나의 진심이 전혀 들어 있지 않았어야 했다. 그 말을 뱉은 후, 마음에서 솟구치는 분노를 통제하기 위해 나는 피가 날 때까지 입술을 깨물어야 했다. 나는 내가 사랑하지 않는 사람들을 떠올려야 했다. 엄마를, 아버지를, 유모를, 선생님들을, 남자들을, 이 세상의 모든 사람들을. 그러고 나서야 마음이 가라앉았다. 그리고 겨우 한마디를 덧붙일 수 있었다.

"농담이에요."

내가 그를 사랑하게 되었다는 어이없는 사실을 나는 받아들일 수 없었다. 나에게는 그를 떠나는 것 외의 다른 선택이 없었다. 다른 사람을 사랑하게 되어 결혼을 취소한다고? 나의 남편이 내게 가져다줄 그 많은 돈과 자유를 한 사람 때문에 버린다고? 나 같은 속물이 사랑 하나로 만족하고 행복해하면서 살 수 있다고? 헛소리였다. 미친 짓이었다. 구겨진 자존심을 마지막 미소로 포장하여 그에게 남겨두고, 나는 떠났다. 떠나는 날짜와 시간, 그리고 비행기의 편명을 쓴 편지를 그에게 보낸 것은 나의 속물근성이 불러일으킨 유치한 감상 때문이었다. 지적인 그는 그런 유치함에 대해 눈 한 번 깜짝하지 않았을 것이다. 지적인 그는 그렇게 속물적인 나의 사랑과 고백에 대해 손 하나 까딱하지 않았으니까.

이 저택은 오늘따라 유난히 따뜻하고 밝은 햇살로 반짝인다. 깨끗한 물이 가득 채워진 수영장에서, 나의 애인 중 한 명인 수영선수가 수영을 하고 있다. 그를 보면 어쩐지 이율, 그 사람이 생각난다. 그 사람 때문에 이 수영선수를 애인으로 삼은 것인지도 모르지만.

그가 수영을 가르쳐주겠다고 할 때마다, 나는 고개를 젓는다. 나는 그냥 물고기 모양의 커다란 튜브 위에 누워, 그가 나를 이리저리 움직여주는 대로 흔들리는 것이 좋다. 왜 수영을 배우려 하지 않는 거야? 그가 물을 때마다, 나는 동그랗고 앳된 얼굴에 살짝 난감한 미소를 떠올리며 대답한다.

난 히치하이커거든.

postscript no.3
미스터 모델의 이야기

돌아가지 않아, 나는

사람들은 나를 미스터 모델이라고 부른다. 내 이름을 알고 있는 사람은 아마 창 아저씨와 무이 정도일 것이다. 하지만 불만은 없다. 그들에게 굳이 내 이름을 알려주고 싶은 마음도 없다. 나는 그들이 나를 '어이, 미스터 모델' 하고 부를 때가 좋다. 그건 내가 좋아하던 친구의 별명이었으니까.

　중학교 때까지 나는 키가 작고 오동통한 아이였다. 키 순서대로 줄을 서면 앞에서 다섯 번째 안에 들어가는 아이. 손으로 툭 치면 또르르르 굴러갈 거라고 친구들이 늘 놀려대었던 아이.

　중학교 3학년 때 우리 반으로 전학을 온, 미스터 모델이라고 불리던 그는 나와 정반대였다. 최소 백팔십 센티미터는 되어 보이는 훤칠한 키에 보기 좋은 근육을 가지고 있었고, 잘생겼다고 할 수는 없었지만 어딘지 마음을 당기는 데가 있어서 나도 모르게 눈길을 보내게 되는 타입이었다. 쌍꺼풀이 없는 작은 눈 안에는 혼자만의 비밀이 담겨 있는 것 같았고, 유난히 붉은 입술에서 흘러나오는 목소리는 매혹적인 울림과 깊이를 갖고 있었다. 그러니까 말하자면, 그는 내 타입이었다.

당신도 알겠지만, 어른이 되기 전의 아이들은 대체로 어른들보다 보수적인 성향을 가지고 있다. 자신과 다른 그룹에 속해 있는 아이들과 어울리는 일은 그들 사이에서 용납될 수 없다. 공부를 잘하는 아이들끼리, 못하는 아이들끼리, 키가 큰 아이들끼리, 작은 아이들끼리, 같은 아파트에 사는 아이들끼리, 선생님에게 찍힌 아이들끼리, 그렇게 어울려 친구가 되고 삶을 공유한다. 그래서 나는 졸업 때까지, 그 아이에게 말 한마디 걸지 못했다. 공부도 못하고 키도 작은 나는, 공부 잘하고 키 큰 그 아이 곁에 갈 수가 없었으니까.

미스터 모델과 내가 같은 고등학교에 진학한 것은 우연이었다. 하지만 나에게 그것은 어떤 운명처럼 여겨졌다. 불행히도 반은 달랐지만, 같은 중학교를 나왔다는 이유로 나는 그에게 말을 걸 수 있었다.

"어, 너 잘 만났다. 그렇지 않아도 찾아가려고 했는데."

점심시간, 급식을 먹고 나서 축구를 하러 운동장으로 나가는 그를 붙잡고 나는 말했다. 우연히 부딪친 척했지만 물론 그건 아니었다.

"무슨 일인데?"

나는 며칠 동안의 고심 끝에 만들어놓은 이유를 댔다.

"동창회를 만든대. 그래서 연락처가 필요하대."

"연락처? 졸업앨범에 다 나와 있잖아."

예상했던 대답이었다. 그 대답에 대해서는 시나리오가 있었다.

"졸업한 지 석 달이 지났잖아. 그 사이에 바뀌었을 수도 있고. 확인을 해야 한대."

내가 석 달을 기다린 이유는 다른 게 아니었다. 그는 별 의심 없이 자신의 전화번호는 바뀌지 않았다고 대답했다.

"혹시 모르니까 내 번호도 저장해둬."

한번 말을 튼 이후부터 그의 친구가 되기까지의 과정은 어렵지 않았다. 나는 그가 좋아하는 축구팀, 그가 좋아하는 색깔, 그가 좋아하는 음악, 그가 좋아하는 과목과 그가 좋아하는 여자 스타일까지 알고 있었으니까.

한 가지 문제는 돈이었다. 그와 어울리기 위해서는 돈이 필요했다. 그의 취향은 꽤 고급스러웠기 때문에, 분식집에서 라면을 사먹고 운동장에서 공을 차는 것보다 좀더 특별한 이벤트가 필요했다. 나는 아버지에게 화해를 청하기로 했다. 그러기 위해서는 우선 새엄마를 공략해야 했다.

"어머니, 제가 할게요."

전구를 갈아끼우느라 끙끙대고 있던 그 여자는 너무 놀라서 의자에서 굴러떨어질 뻔했다. 나는 균형을 잃고 휘청하는 그 여자를 재빠르게 붙잡아내리고, 의자 위에 올라가서 침착하게 전구를 갈았다. 전구를 다 갈 때까지 여자는 어리둥절해 있었다. '어머니'라는 말을 처음 들었던 것이다.

그날 저녁 식탁에서 아버지는 여전히 굳은 얼굴을 하고 있었지만, 식사 도중에 문득 고개를 들어 나를 바라보았다. 지금이다, 나는 생각했다.

"내일 학원에 등록하려고요."

군인인 아버지는 내가 육군사관학교에 들어가기를 원했다. 하지만 그때 난 늠름한 군인이 되기에는 자격미달인 체격을 갖고 있었기 때문에, 아버지는 두 번째 카드를 내밀었다. 의사가 되라는 것이었다. 내 성적으로는 가당치도 않은 일이었을뿐더러, 나에게 그럴 생각이 없다는 것을 잘 알면서도. 그는 종종 불같이 화를 내며 소리를 지르곤 했다. 내가 특별히 반항을 한 건 아니었다. 일곱 살에 엄마를 잃고 여덟 살에 새엄마를 맞이한 이후부터 아버지와 이야기를 하지 않았을 뿐이다. 그렇고 그런, 흔한 이야기다. 그리고 그날, 나는 처음으로 그 여자에게 '어머니'라고 부르고 아버지에게 말을 걸었던 것이다.

　다음 날, 아버지의 여자는 나에게 하얀 봉투를 하나 건네주었다. 그 안에는 꽤 많은 금액의 돈이 들어 있었다. 아버지를 제대로 속였다는 기쁨으로, 그 여자를 제대로 기만했다는 기쁨으로, 그리고 이제부터 그와 마음껏 놀 수 있다는 기쁨으로 나는 몸을 떨었다.

　아버지가 준 학원비의 일부를 떼어내어 체육관에 등록을 했다. 딱히 그런 말을 들은 건 아니지만, 그와 함께 다니려면 나도 몸을 좀 만들어야겠다는 생각을 한 것이다. 그를 창피하게 만들 수는 없었으니까. 2학년이 되자 뒤늦게 키가 부쩍 자랐고, 내 몸에 붙어 있던 지방들은 보기 좋은 근육으로 바뀌었다. 여전히 반은 달랐지만, 우리는 점심시간마다 함께 축구를 하고 방과 후에도 어울려다녔다. 우리는 우리 학교뿐 아니라 그 일대에서 유명한 단짝이었다. 어깨를 나란히하고 걸어가기만 해도 모든 사람들이 뒤를 돌아보았다.

　3학년이 되었을 때 우리는 같은 대학에 진학하기로 결정했다. 전공 같은 건 전혀 중요하지 않았다. 그냥 그와 같은 대학이면 그것으로 족했다. 그리고 의대만 아니라면. 내가 철학과에 원서를 내겠다고 했을 때, 아버지는 의외로 토를 달지 않았다. 지방

대만 아니면 된다. 그는 그렇게 말했다. 어차피 내 성적으로 의대는 못 갈 테니, 그럭저럭 괜찮은 대학이면 된다고, 그쪽이 자신의 체면을 손상시키지 않을 거라고 판단했을 것이다. 게다가 아버지의 여자에게 어머니라고 부르기 시작한 이후부터 우리는 표면적으로 그럴싸한 가족 비슷한 것이 되었고 가끔 가족동반으로 이런저런 모임에 참석하기도 한다는 것이 그의 자만심을 만족시켜주었을 것이다. 어찌 되었거나 그럴듯한 아들 노릇을 하고 있는데, 괜한 반항심을 심어주어서 '가족'이라는 그림을 망칠 수는 없다고 생각했을 것이다.

대학에 들어가서도 우리는 늘 함께였다. 나는 그를 사랑했고, 내용과 깊이와 방식은 조금 달랐지만 그도 나를 사랑했다. 그런 정도로 만족할 수 있었던 건 아니지만 나는 현명하게 대처했다. 과도한 사랑을 드러내지 않았고 욕망에 대해서는 입도 뻥긋하지 않았다. 그는 종종 여자들과 데이트를 하곤 했지만 나는 별로 개의치 않았다. 인내심을 갖고 기다리면, 여자들과의 관계는 언젠가 끝이 나니까. 종알종알 수다나 떨고 이것저것 해달라는 것만 많은 여자들은 그를 조금도 이해하지 못했다. 여자들과의 만남과 헤어짐이 되풀이될수록, 세상에서 그를 가장 잘 알고 가장 많이 사랑하는 것이 나라는 사실은 선명해졌고, 그가 나에게 의지하는 몫도 점점 커져갔다.

우리는 혼자 있을 때보다 함께 있을 때 빛이 났다. 친구들은 우리에게 모델이나 탤런트를 해보라고 권했지만, 특별히 그러고 싶지는 않았다. 굳이 돈을 벌 이유도 없었고. 하지만 길거리에서 스카우트를 당하는 일이 우리에게 일어났다. 몇 번 잡지에 얼굴이 나가고 나자 알아보는 이들이 생겨났고, 모델이라는 타이틀은 그의 '작업'을 유리하게 만들어주었기 때문에 나는 그와 더불어 기꺼이 모델계에 본격적으로 발을 들여놓았다. 내가 얼마 전까지 작고 오동통한 체격이었다는 사실은 나라는 인물을 포장하는 데 효과적으로 작용했고, 새로 시작하는 드라마의 캐스팅 디렉터가 나를 주연배우의 물망에 올려놓고 있다는 소문까지 떠돌았다.

모든 것이 내가 원하는 방향으로 흘러가고 있었다. 우리 앞에 어떤 인생이 펼쳐져도, 나는 그와 제일 가까운 자리에 남아 있을 거라고 나는 확신했다. 세상은 아름다웠고 인생은 온통 즐거움으로 가득 찬 놀이동산과 같았다. 그리고 그 일이 일어났다.

별로 특별할 것도 없는 날이었다. 우리는 이탈리아 레스토랑에서 와인을 곁들여 식사를 하고 밤이 깊어지기를 기다려 클럽으로 갔다. 혼자 춤을 추는 여자아이가 하나 있었고 그가 그녀에게 칵테일을 샀다. 클럽에서 나와 호텔 지하에 있는 바로 위스키를 마시러 갈 때 일행은 세 사람이 되었다. 길어야 일주일, 나는 속으로 계산을 했다. 잘하면 오늘 안에 결판이 날 수도 있고.

여자아이가 화장실에 간 사이, 내가 말했다.

"먼저 일어날게."

그는 빙긋 웃고 차 열쇠를 내게 던져주었다. 여기서 잘래? 눈으로 내가 물었고 응 하고 눈으로 그가 대답했다. 나는 프런트 데스크로 가서 방을 하나 잡아 카드로 결제한 다음, 카드키를 그에게 전해달라고 부탁하고 밖으로 나왔다. 대리운전을 부를까 잠시 망설였지만 어느 정도 술이 깬 것 같아서 운전대를 잡기로 했다. 그의 차를 내가 아닌 다른 사람이 운전하는 것도 싫었으니까.

올림픽대로에 접어들어 속력을 높였다. 내 손으로 방을 잡아주고 내 발로 나오긴 했어도, 그가 다른 여자와 함께 있다는 사실이 즐거울 리 없었다. 그 불쾌함은 내 앞에서 일차선을 시속 육십 킬로미터로 서행하고 있는 차를 향해 폭발했다. 요란스럽게 클랙슨을 울리면서 그 차를 추월하여 다시 일차선으로 접어들었을 때, 문자메시지가 도착했다는 신호음이 울렸다. 그런 시간에 나에게 메시지를 보낼 만한 사람은 단 한 명뿐이었다. 나는 급히 전화기를 들어 폴더를 여느라 운전대에서 한쪽 손을 뗄 수밖에 없었고, 일차선으로 되돌아가느라 꺾여 있던 핸들은 미처

266

제자리로 돌아가지 못했다. 가드레일을 들이박은 차는 나와 함께 산산이 부서졌다. 마지막으로 내가 떠올린 것은 사고 직전에 얼핏 보았던 그의 메시지였다.

'돌아와. 그 여자 보냈어.'

나는 그에게 가지 못했다. 그가 나를 원하고 있는데, 나는 그 자리에 있지 못했다. 육체에서 떨어져나온 나의 영혼은 소리치고 또 소리쳤다. 누군가를 원망하고 싶은데 그 대상이 마땅히 떠오르지 않아 억울한 기분이었다. 눈물은 나오지 않았다. 눈물을 불러일으킬 만한 슬픔 따위는 내 속에 없었으니까. 나는 온통 분노로 가득 차 있었다. 영혼은 분노로 흘러넘쳐 나의 의식을 장악했고, 나는 내 의지와 상관없이 하루 종일 소리를 질러댔다. 내가 병원 옥상에서 소리를 지르고 있을 때, 조금 떨어진 곳에서 두 사람이 나를 지켜보고 있었다. 그들의 존재를 알아차린 건 사흘쯤 지난 다음이었다. 그리고 그들이 나를 향해 다가온 것은 그로부터 일주일 뒤였다. 그때쯤 나는 분노 대신 밀려오는 허무함으로 인해 탈진할 지경이 되어 있었다.

"꽤 많은 사람들이 다녀가던데."

창 아저씨의 첫마디는 그랬다. 그러고는 곰곰이 내 표정을 살폈다.

"아, 그렇지. 이쪽은 다니엘, 나는 그냥 창 아저씨라고 부르면 돼."

이유도 없이, 그제야 눈물이 흐르기 시작했다. 무심하고 느릿느릿한 창 아저씨의 말투 때문이었을까, 혹은 다니엘의 청명한 눈빛 때문이었을까? 아니면 그냥 그럴 시간이 되었기 때문이었을까? 나를 묶어두고 있던 무엇이 툭 하고 떨어져나간 것 같은 기분. 이제야말로 나 자신으로 돌아갈 수 있을 것 같다는 기분. 아버지로부터 또 그로부터 자유로워졌다는 기분. 어쩌면 나는 지금까지, 타인에 의해 좌우되고 규정되는 인생을 살아온 건지도 모르겠다는 기분. 그들의 마음에 들기 위해 혹은 관심을 끌기 위해 눈치를 보며 버둥거린 것 같다는 기분. 나는 평생 이 순간을 기다려온 거라는 기분.

유령으로 살아가면서, 나는 완전히 다른 사람이 되었다. 나는 가볍고, 우습고, 제멋대로에다가 아무 생각 없는, 누구의 눈치도 보지 않는 사람이 되었다. 좋아하는 것을 좋아하고 싫어하는 것을 싫어하는 사람이 되었다. 나는 지금의 이 생활이 마음에 든다. 유령이 되기 전의 내가 어떤 사람이었는지에 대해서는 창 아저씨와 다니엘만 알고 있다. 다행이다. 사람들이 나를 '미스터 모델'이라고 부를 때마다 나는 그 이름 속에서 살고 있는 그와 하나가 된 느낌을 받는다. 그것으로 충분하다.

아버지가 내 몸을 뒤덮고 있는 장치들을 떼어내지 못하고 있는 건 사랑이 아니라 체면 때문이라는 것을 알지만, 사고 이후 그는 단 한 번도 병원을 찾아온 적이 없지만, 이제 그런 건 아무래도 상관없다. 단 하나 아쉬운 것이 있다면, 그가 마지막으로 보낸 메시지에 답을 보내지 못했다는 것이다. 그럴 수만 있다면, 지금이라도 이렇게 말하고 싶은데.

'돌아가지 않아, 나는.'

postscript no.4

민선의 이야기

소풍

창 아저씨, 저 민선이에요. 기억하세요? 아저씨 옆집에 살던 꼬맹이. 어쩌면 아저씨는 저를 또 잊어버리셨는지도 모르겠어요. 십 년 전쯤, 전철역에서 우연히 만났을 때도 저, 몰라보셨잖아요. 그날, 허름한 카페에서 술도 나눠마셨는데. 연락처 하나 모르고 그렇게 그냥 보낸 걸 제가 얼마나 후회했는지 몰라요. 하지만 삶이란 건 뭐 하나 돌이킬 수 없는 거라고, 아저씨는 늘 말씀하셨죠. 꼬맹이였던 저에게도 그렇게 얘기하셨고, 스물한 살이었던 그날의 저에게도 그 이야기를 하셨어요.

저 어릴 적에요, 아직 아빠가 살아계셨고 엄마가 악바리처럼 굴지 않아도 되었을 때요, 우리 집 문을 나서면 바로 아저씨네 집이 보였을 때요, 저는 참 행복했다는 걸 뒤늦게 알았어요. 전제가 무엇을 누리고 있는지도 잘 몰랐지만, 제 주위를 둘러싸고 있던 모든 평화로운 것들이 영원히 지속될 거라고 믿었어요. 단 한번이라도 그것이 깨어질 수도 있다는 생각은 해본 적이 없었어요. 아침에 눈을 뜨면 아빠가 저를 내려다보고 있었고 잠이 들기 직전까지 엄마가 제 손을 잡고 있었으니까요. 하지만 아빠가 병을 얻기 시작하면서, 저의 세계는 손바닥처럼 쉽게 뒤집어져버렸죠.

무슨 이유에선지 아빠는 병원에 입원을 하지 않고 집에서 요양을 했어요. 의사와 간호사가 매일 들락거렸고 엄마는 항상 신경이 곤두서 있었어요. 제가 조금만 시끄러운 소리를 내면 무서운 얼굴을 하고 손가락을 입에 갖다대셨죠. 저는 아침마다 혼자 눈을 뜨고 밤마다 혼자 잠을 청해야 했어요. 너도 이제 아기가 아니잖아. 엄마는 그렇게 얘기했죠. 맞아요, 저는 더 이상 아기가 아니었고 혼자 자고 혼자 일어날 수도 있었어요. 하지만 저를 향한 따뜻한 마음 하나가 없다는 사실이, 저를 황폐하게 만들었어요. 저는 말이 없고 어둡고 겁이 많은 아이가 되어갔어요. 어른들의 눈치를 보며 구석에서 조용히 놀다가 아무도 모르게 방으로 들어가서 옷도 갈아입지 않고 잠자리에 드는 아이. 그래요, 밤마다 저의 꿈을 지켜주는 건 제가 아기였을 때 아빠가 선물해준 기린 인형밖에 없었어요.

어느 날 저는 집을 나가야겠다고 생각했어요. 우리 집에서 전 있으나마나한 존재였으니까요. 누군가 저의 존재를 확인해줄 사람이 필요했어요. 저를 미워해도 좋으니, 제가 살아 있다는 것을 확실하게 인정해줄 수 있는 존재가요.

그날 아침, 모처럼 엄마와 마주 앉아 식사를 하다가 제가 말했어요.

— 엄마, 나 도시락 좀 싸줘.

— 도시락이라니?

엄마는 무표정하고 무심하게 말했어요.

— 응, 그러니까 요기 아래에 사는, 머리 땋고 다니는 언니 있지? 슈퍼마켓 옆에 있는 유치원에 다니는.

나는 되는 대로 생각나는 대로 구실을 만들어냈어요.

— 그런 애가 있었어?

— 엄마는 잘 모를 거야. 가끔 같이 놀았거든. 놀이터에서.

— 그런데?

— 오늘 유치원에서 소풍을 간대. 나도 데려갈 수 있대. 그래서 도시락이 필요해. 따라가도 되지?

— 안 돼.

엄마는 잘라 말했어요. 내가 울상을 짓자 엄마는 마음이 조금 약해진 것처럼 보였어요.

—도시락은 싸줄게. 그게 먹고 싶은 거지? 그 대신 집에서 먹어.

그래, 일단 그거면 돼. 도시락을 들고 나가버리면 그만이야. 내가 없어진 건 아무도 모를걸. 그렇게 생각한 나는 얌전히 고개를 끄덕였어요. 잠시 후에 엄마는 작은 도시락 하나를 내게 주었고, 저는 그걸 받아 방으로 돌아갔어요. 온 집 안은 여느 때처럼 깊은 고요에 잠겼어요. 엄마가 아빠의 침상을 지키고 있는 것을 확인한 저는, 발소리를 죽여 빠져나왔죠. 작은 배낭 안에는 기린 인형과 엄마가 싸준 도시락, 몇 장의 지폐와 동전이 들어 있는 작은 저금통, 그리고 내가 좋아하는 티셔츠와 바지 하나가 들어 있었어요.

저의 첫 번째 목적지는 놀이터였어요. 저 혼자 찾아갈 수 있는 유일한 곳이었으니까요. 거기까지 가서 그다음 목적지를 정하면 될 거라고, 어디로 가야 할지 알 수 없으면 놀이터 주위를 오가는 사람 중 한 명을 따라가면 될 거라고, 그렇게 생각했어요. 대문을 나선 제가 아저씨네 문 앞에서 걸음을 멈춘 건, 아저씨네 집 정원에서 종종걸음을 치며 놀고 있던 참새 몇 마리 때문이었어요. 정말로 따뜻한 봄날이었고, 참새들은 무척 즐거워 보였거든요. 쟤네들은 참 좋겠다, 좋겠다, 그러고 있는데 갑자기 목 안에 뜨거운 것이 막 차오르는 거예요. 무엇인지 모르겠는 그건 자

276

꾸만 밖으로 나오려고 했고, 저는 그만 맥이 탁 풀려서 그 자리에 주저앉아버렸어요. 정원의 꽃과 나무들에게 물을 주려고 밖으로 나온 아저씨가 저를 발견한 건 그때였죠.

아저씨는 아무 말도 하지 않고 저를 가만히 보다가 주머니에서 손수건을 꺼내 제 손에 쥐여주었어요. 그제야 저는, 제 눈에서 뜨거운 눈물이 끝없이 흘러나오고 있다는 것을 알아차렸어요. 소리조차 내지 않고 말이에요. 손수건을 받아들고도 눈물을 닦을 생각을 않고 멍하니 서 있는 저에게 아저씨는 난감한 표정으로 얘기했죠.

—초콜릿 있는데. 그런 것도 먹어? 사탕은 없거든.

'초콜릿'이라는 말을 듣자 이상하게도 갑자기 허기가 밀려왔어요. 아침식사를 한 지 얼마 지나지도 않았는데 말이에요. 저는 고개를 크게 끄덕였고 아저씨는 성큼성큼 앞장서서 집안으로 들어가셨죠. 행여 놓칠세라 저는 종종걸음으로 아저씨를 따라갔고요.

아저씨의 집에서는 달콤한 냄새가 났어요. 너무 달콤해서, 그곳에 있는 건 뭐든지 다 먹을 수 있을 것만 같았어요. 의자며 탁자며 거실의 한쪽 벽을 가득 채우고 있는 책들까지. 그러자 덜컥 겁이 났어요. 언젠가 엄마가 읽어준 헨젤과 그레텔 이야기가 기억났거든요. 하지만 아저씨가 초콜릿을 건네주었을 때, 저는 머

리를 흔들며 그 이야기를 잊어버렸어요. 그 아이들에게 나쁘게
대한 건 분명 마귀할멈이었는데, 이 사람은 아저씨잖아, 그러면
서요.

제가 초콜릿을 다 먹을 때까지 아저씨는 아무것도 묻지 않았
어요. 그냥 소파에 앉아 책을 읽으셨죠. 할 일이 없어진 저는 책
을 구경하기로 했어요. 어릴 때부터 저는 책을 무척 좋아했으니
까요. 하지만 그곳에 있는 책들은 너무 두껍고 무거워 보여서,
저는 감히 손도 대지 못하고 책장 앞에 서 있었죠. 아저씨는 조
용히 다가와서 제 손이 닿지 않는 곳에 있는 커다란 책 하나를
꺼냈어요.
　―그림이 많은 책은 이 정돈데.
　그건 식물도감이었어요. 책 속에는 예쁜 꽃들과 풀들과 나무
들이 잔뜩 있었죠. 아저씨는 소파에 제 자리를 만들어주었고 저
는 책 속의 그림들을 열심히 보았어요. 그러다가 잠이 들었던 것
같아요. 눈을 뜬 건, 창밖에서 노래를 부르던 몇 마리의 새들 때
문이었어요.
　―배 안 고파?
　제가 일어난 것을 보고, 아저씨는 그렇게 물었어요. 점심시간
이 이미 지나 있었죠.

―저, 도시락 있어요!

저는 그렇게 소리쳤어요. 밥 먹을 때가 되었으니까 집으로 그만 돌아가라는 이야기로 들렸거든요. 아저씨는 물끄러미 저를 보다가 주방으로 가서 세 조각의 빵을 구웠어요. 그러고 식탁 앞에 앉아 빵에 버터를 바르셨죠. 저도 맞은편에 앉아 도시락 뚜껑을 열었어요. 순간, 저는 깜짝 놀라버렸어요. 햄과 오이와 양파에 카레가루를 넣고 볶은 노르스름한 밥과 한 입 크기의 닭튀김, 세 개의 방울토마토, 하얀 백김치가 얌전하게 담겨 있었거든요. 엄마는 제가 뭘 좋아하는지 잊지 않고 있었던 거예요. 또다시 목 안에서 뜨거운 것이 올라올 것 같아 저는 허겁지겁 입안으로 밥을 집어넣었어요. 그 무엇인가가 나오지 않도록 꾹꾹 누르기 위해서요.

세 조각의 빵이 부스러기만 남기고 사라질 때까지, 도시락이 깨끗이 비워질 때까지, 우리는 아무 말도 않고 그렇게 먹기만 했어요. 그다음부터 시간은 아주아주 느린 속도로 흘러갔어요. 몇 번이나 시계를 보아도 저녁은 오지 않았죠. 마침내 저는 배낭을 메고 현관으로 걸어갔어요. 더 이상 그곳에 있다가는 아저씨가 저를 귀찮아할 거라고 생각한 거예요.

―어디 가냐?

아저씨가 물었어요.

―놀이터요.

처음의 목적지를 떠올리며, 저는 그렇게 대답했어요. 아저씨
는 별 말 없이, 허름한 점퍼 하나를 걸치고 저를 따라 나오셨죠.
왜 따라오는 걸까, 그런 생각보다는, 이렇게 큰 집에 사는 아저
씨가 왜 저렇게 허름한 옷을 입고 다닐까, 그랬던 기억이 나요.

놀이터에는 엄마와 함께 놀러 나온 아이들이 미끄럼틀을 타거
나 모래장난을 하고 있었어요. 장난감이 없었던 저는 배낭에서
기린 인형을 꺼내어, 한쪽 구석에서 혼자 인형놀이를 했어요. 아
저씨는 벤치에 앉아 묵묵히 저를 바라보고 있었죠. 혼자 하는 인
형놀이는 별로 재미가 없었어요. 혹시 엄마가 찾으러 오지 않을
까 하고 자꾸만 두리번거리느라 집중도 안 됐죠.

―그 인형은 뭐냐?

아저씨가 물었어요. '뭐냐'라니. 누가 사준 거냐고 묻는 건지,
이름이 뭐냐고 묻는 건지, 그걸 왜 들고 나왔느냐고 묻는 건지
몰라서 저는 가만히 있었어요.

―기린이잖아? 보통은 곰이나 토끼 같은 거 아니냐?

―아빠가 사준 거예요!

저도 모르게 큰 목소리가 튀어나왔어요. 그러고 나자, 억지로
밀어 넣어두었던 뜨거운 무엇이 걷잡을 수 없이 터져버렸어요.
저는 목청껏 울음을 터뜨렸고, 그곳에 있던 아이들과 엄마들이

280

모두 저와 아저씨를 번갈아보았죠. 엄마들은 아저씨에게 의심스러운 눈빛을 던졌고, 몇몇 어린아이들은 덩달아 울음을 터뜨렸어요.

— 옆집 아입니다. 제가 잠깐 봐주고 있어요. 자, 그럼 이제 슬슬 집으로 가볼까?

아저씨는 엄마들에게 그렇게 말하고 저에게로 걸어와 손을 내밀었어요. 처음 잡아본 아저씨의 손은 무척 크고 딱딱했지만, 믿을 수 없을 만큼 따뜻했죠.

저의 소풍은 그렇게 끝났어요. 아저씨의 손에 이끌려 집으로 돌아갔을 때, 엄마는 아무 말도 않고 그저 저를 꼭 껴안아주었죠. 훨씬 나중에 알게 된 거지만, 제가 아저씨네 집에서 잠이 든 사이에, 아저씨가 우리 집으로 가서 엄마에게 얘기를 해두셨죠. 아이가 잠깐 우리 집에 와 있습니다. 걱정하지 마세요, 제가 데리고 있다가 늦지 않게 보내겠습니다. 나중에 아이가 돌아오면, 꼭 한 번 안아주세요 하고. 안면이 있는 이웃집 사람이기도 했지만, 그 눈빛이 워낙 진실하고 깊어서 믿지 않을 수가 없었단다, 그 사람을. 엄마는 그렇게 얘기했어요.

그날 이후, 엄마는 제게 조금 더 신경을 쓰려고 애를 썼다는 거, 알아요. 이듬해에 아빠가 돌아오실 때까지는요. 태어나서 그때까지 자신의 손으로 돈을 벌어본 적이 없었던 엄마는, 아빠를 잃은 슬픔에서 헤어나기도 전에 세상 속으로 던져졌어요. 엄마와 저를 보호해주던 온실은 하루아침에 무너졌고, 늘어가는 엄마의 주름살과 한숨을 보고 들으며 저는 하루 빨리 그 집을 벗어나야겠다고 생각했어요.

그 사람이 제 앞에 나타난 것은 아저씨가 집을 떠나버린 지 한 달쯤 지났을 때, 그리고 저의 열일곱 번째 생일이 막 지났을 때였어요. 학교가 끝난 후 집으로 가기 싫어서 발길 닿는 대로 쏘다니다가 그 사람을 만났어요. 어느 작은 서점에서요. 책을 고르다가 눈이 마주쳤는데, 나쁘지 않은 첫인상이었어요. 그는 저를 보고 희미하게 미소를 지었는데, 저는 그냥 나와버렸죠. 그 사람이 저를 따라오고 있다는 건 알았어요. 그렇게 두 블록쯤 지났을 때, 제가 뒤를 돌아보고 말했죠.

─할 일이 그렇게 없어요?

그는 웃지도 않고 화도 내지 않고 고개를 끄덕였어요.

─그런데, 배 안 고파?

저는 그만, 그 말에 무너져버렸어요. 그 말 한마디가 아득한 기억 속에 있던 그날의 소풍을 떠올리게 했거든요. 그 사람은 저보다 열 살이 많았고, 대학 졸업반이었고, 작은 원룸에 혼자 살고 있었어요. 우리는 둘 다 돈이 없었고, 그래서 데이트는 늘 그 사람 집에서 하게 되었어요. 그다음 이야기는 뻔하죠. 그런 연애가 오래갈 리 없잖아요. 알고 보니 그 사람에게는, 결혼을 약속한 여자가 있었어요. 그 여자가 유학을 간 사이에 잠깐 저를 만났던 거죠. 헤어질 때 그는 길고 지루한 변명을 늘어놓았어요. 너는 나보다 더 좋은 남자를 만나야지, 뭐 그런 짜증나는 이야기 말이에요. 그렇게 그와 헤어지고 나서 석 달이 지났을 때, 제가 아이를 가졌다는 것을 알게 되었어요.

─이십사 주예요. 유산을 시키기에는 너무 늦었습니다.

의사는 그렇게 말했죠. 엄마는 폭력까지 써가며 누가 이렇게 만들었냐고 저를 추궁했지만, 저는 끝내 입을 다물었어요. 그 후 몇 달 동안 엄마는 반쯤 미친 상태에서도 몇 가지 큰일을 해냈어요. 제가 다니던 학교에 자퇴서를 내고, 집에서 멀리 떨어진 병원에서 아이를 낳게 하고, 저를 쫓아내고, 이사를 했죠. 이웃들은 새로 이사 온 우리 엄마에게서 새로운 스토리를 들었어요. 외국으로 파견을 나가 있는 남편을 기다리며, 혼자 힘으로 갓 태어난 아이를 기르며, 회사를 다니고 있는 전문직 여성이 우리 엄마였어요.

저는 시골에 있는 할머니 댁에 맡겨졌죠. 하지만 그곳에서 일년도 버티지 못하고 다시 이곳으로 돌아왔어요. 할머니에게는 도시에 있는 큰 회사에 취직을 했다고 말하고요. 물론 엄마에게도 그렇게 말했지만, 아마 믿지는 않았을 거예요. 그 후부터 닥치는 대로 일을 했어요. 오늘 벌어서 오늘 먹는 것, 그 외에는 아무런 목표도 희망도 없었던 삶이었어요. 그런 날들이 이어지고 있을 때, 아저씨를 만난 거예요.

비밀 하나 얘기해드릴까요? 아저씨는 저의 첫사랑이었어요. 어릴 때의 제 꿈은 아저씨에게 시집을 가는 거였죠. 아저씨도 저처럼 외롭고, 아저씨도 저처럼 마음이 가난하고, 아저씨도 저처럼 기댈 곳이 필요한 사람이라는 거, 저는 알고 있었어요. 아저씨와 제가 만난 건, 서로 외롭지 않게 가난하지 않게 기대고 살라는 운명의 뜻이라고, 저는 믿었어요.

그날 아저씨를 만났을 때, 전 아저씨의 그런 모습이 하나도 이상하지 않았어요. 제가 삶의 끝을 헤매다녔던 것처럼, 아저씨도 그래야만 했을 테니까요. 하지만 내일을 알지 못하는 제 삶이 아저씨에게 무거운 짐이 될까봐 아저씨를 붙잡을 수가 없었어요. 언제든지 돌아올 수 있는 우리의 성 하나를 짓자. 그날부터 저의 꿈은 그렇게 정해졌어요. 그리고 여기까지 왔어요. 아저씨가 좋아할 만한 공간을 찾고, 아저씨가 좋아하는 색깔로 꾸미고, 아저씨가 좋아하는 음악을 틀고, 아저씨가 좋아하는 술을 쌓아두었어요. 그런데 지금 아저씨는 어디 있는 거죠? 아저씨는 언젠가의 어린 저처럼, 소풍을 떠나신 건가요? 그 소풍이 예기치 않게 길어지고 있는 건가요?

하지만 소풍은 그런 거잖아요. 언젠가는 끝이 나고 언젠가는 집으로 돌아가는 거잖아요. 아저씨, 이제 돌아오세요. 삶의 마지막 순간까지, 저는 언제까지나 이곳에서 아저씨를 기다릴 거니까요. 그 기다림이 저에게 살아갈 힘을 줘요. 이렇게 어지러운 인생도, 언젠가는 행복해질 수 있을 거라는 믿음을 줘요.

postscript no.5
창 아저씨와 다니엘의 이야기

그리 아니하실지라도

―다니엘, 이제 자네 이야기를 좀 해보지 그래.

―갑자기 제 얘긴 왜요?

―왠지 좀 무료해서 말이야.

―창 아저씨, 봄 타시는군요.

―이런 상태로 몇 번씩이나 맞았던 봄인데 타기는 뭘. 새삼스럽게. 그냥 마음이 노곤해져서. 이럴 때는 자네만 한 말벗도 없지 않나. 그동안 내 얘기는 많이 했으니까, 오늘은 좀 다른 이야기를 듣고 싶어서.

―뭐가 궁금하신데요? 다 말씀드릴 수는 없지만 얘기해도 괜찮은 거라면 해드릴게요.

―이곳에 온 지 얼마나 되었나? 오십 년? 백 년?

―백 년에서 몇 달 모자라요.

―그전에는 어디에 있었나?

―노인정에요.

―그전에는?

―아직 잉태되지 않은 생명들과 같이 있었죠.

―그게 순서인가?

―예, 그게 순서예요.

―한 장소에서 얼마나 머무르나?

―백 년이요. 우린 그걸 한 시즌이라고 부르죠.

―그럼 이번 시즌이 곧 끝나니, 이곳도 떠나게 되겠군.

―그렇죠.

―다음에 갈 곳은 어딘가?

―음.

―얘기하기 곤란한 건가? 내가 맞혀볼까? 자네 이야기에 따르면 '생로병사'의 순서지? 잉태되기 전 생명의 생(生), 노인정의 로(老), 병원의 병(病). 그렇다면 다음은 막 세상을 떠난 영혼들을 만날 순서일 텐데. 인간들이 태어나고 늙고 병들고 죽는 것을 차례대로 지켜보는 거지?

―역시 창 아저씨.

―그렇다는 건, 지상으로 온 지 삼백 년이 다 되어간다는 거지. 자네는 세 번째 시즌을 마감하고 네 번째 시즌으로 넘어갈

테고.

─그런 거죠.

─그런데 여기 병원에는 '병' 뿐 아니라 '사'도 있잖나?

─어쩔 수 없는 경우를 제외하고는 관여하지 않아요. 그래도 이번 시즌에서 본 것이 다음 시즌에 도움을 주죠.

─네 번째 시즌에서는 삶을 떠난 영혼들을 하늘로 데려가나?

─주로 그런 임무죠.

─그럼 지상으로 오기 전에는 뭘 하나?

─백 년 동안 교육을 받아요. 지상에서 네 시즌을 보내고 돌아온 선배천사들과 같이 지내면서요. 인간들과 함께 생활하기 위한 훈련 같은 거죠.

─그럼 자네도 네 시즌을 다 보내고 나면, 하늘로 다시 돌아가서 후배를 가르치겠군.

─그렇겠죠.

─그 후에는 어떻게 되나? 준비기간 백 년, 지상에서 사백 년, 다시 후배를 가르치는 데 백 년, 이렇게 육백 년이 지난 다음에는?

─의무적으로 어디에서 뭘 해야 한다는 건 없어요. 보통은 자유롭게 하늘과 지상을 오가죠.

─천사들도 꽤나 힘들겠군. 의무복역기간이 육백 년인 데다가

그 후에도 일을 계속해야 하니까.

　—그렇게 생각하세요?

　—자넨 어떤가? 행복한가?

　—어떨 거 같으세요?

　—행복이란 건 말이야. 자네처럼 복잡한 존재보다 뭐랄까, 단순한 존재들을 선호하는 거 아닌가 싶어. 단순한 자들의 행복은 두 조각에서 기껏해야 네 조각 정도의 퍼즐이 아닐까? 그래서 쉽게 맞출 수가 있는 거지. 그런데 생각을 깊이 할수록 조각들은 더 작은 단위로 나누어져서, 수백, 수천 조각이 되어버리는 거야. 웬만해서는 맞출 수가 없지. 조각들을 쉽게 잃어버리기도 하고 말이야. 자네는 지상에서 이미 삼백 년이나 보냈으니까, 그 어떤 인간보다 삶이라거나 사랑이라거나 사람에 대해 깊은 생각을 했을걸. 쉽게 행복해질 수가 없지 않겠나?

　—그런가요?

　—또 그런 미소를 짓는군. 보는 사람을 꽤나 쓸쓸하게 만드는 미소라고, 예전에 소이란 아이가 그랬지.

　—…….

　—인간은 천사를 쓸쓸하게 만드는 존재인 거 같다고도 그랬지. 우리 인간이라는 건 한없이 나약하고 어리석으니까.

　—그런 소릴 했죠.

―나약하고 어리석지, 정말로.

―창 아저씨, 진짜 묻고 싶은 게 뭐예요?

―딱히 없어. 그런 건.

―그 아이 때문이죠, 민선이라는?

―왜 그렇게 생각해?

―그 아이가 쓴 편지, 아저씨도 읽으셨잖아요. 그런 편지를 보면, 어떻게라도 뭐라도 해주고 싶어지잖아요. 안 그런 척해도, 사실 아저씨는 마음이 약하니까.

―내가 뭘 어떻게 하겠나, 이런 처지에.

―그러니까 방법을 저한테 물어보시려는 거겠죠.

―방법이 있어?

―없어요.

―그럴 줄 알았어. 미래에 대한 질문도 금지되어 있지 않나.

―그렇죠.

―마음만이라도 전하고 싶다는 생각이야 하지.

―그럼 행복하실 것 같아요?

―자네도 알지 않나. 나한테 남은 게 뭐가 있어. 이 지경이 되니까 돈이 아무리 많아도 소용없고. 거지 생활 시작한 다음부터는 그나마 주위에서 맴돌던 인간들도 잽싸게 사라졌지. 내가 홀라당 망한 줄 알았으니까 말이야. 여태 나를 잊지 않고 기억해주

는 건 민선이밖에 없는데, 나 같은 사람 기다리느라 그 꽃다운 청춘 다 보내면 어떡하나? 그 아이도 이제 좋은 사람 만나서 서로 의지하고 살아야지. 세상에 의지할 데가 없는 아인데.

—곁에 있다고 해서 의지가 되는 거, 아니잖아요. 창 아저씨를 기다리는 힘으로 살아간다고 그 아이도 말했잖아요.

—이러고 있다가 어느 날 내가 완전히 숨이 끊어지면, 어쩌다가 그 아이가 그걸 알게 되면, 그다음에는 어떻게 하나?

—안 그렇게 되기를 빌어야죠.

—나한테 시간이 얼마 남지 않은 거 같아. 요즘 자꾸 그런 생각이 들어.

—유도신문 하지 마세요.

—역시 안 넘어가는군. 미래를 안다는 건 썩 좋은 일이 아니라고 자네가 그랬지. 그 말에는 나도 동의해. 미래를 알게 되면 인간은 더 이상 희망을 갖지 않을 거야. 비록 그게 좋은 미래라고 해도, 굳이 희망을 가질 이유가 없지. 기다리기만 하면 미래는 오는 거니까 말이야. 나쁜 미래에 대해서야 말할 것도 없고. 하지만 희망이 없는 것도 그것대로 나쁘지 않겠다 싶어. 섣불리 희망을 가졌다가 배신을 당하는 것만큼 깊은 타격도 없으니까.

—미래를 알려줄 수 없는 건, 그 미래라는 것이 현재에 의해 계속 변화하기 때문이에요. 큰 그림은 어렴풋이 그려져 있고 저

도 볼 수 있지만, 그 정도는 조금만 생각하면 누구든지 알 수 있는 거죠. 사람이 태어나고 시간이 흐르면 늙게 되는 것, 늙으면 병을 얻게 되는 것, 언젠가는 죽음을 맞게 되는 것, 다들 아는 사실이잖아요. 넓게 보면 그러니까 모든 인간들은 같은 운명 속에 있는 거죠. 하지만 누군가와 똑같은 인생을 사는 사람은 없어요. 그리고 설사 같은 인생을 산다 해도, 그 인생을 행복하게 받아들이는 사람도 있고 불행하게 받아들이는 사람도 있는 거죠. 수많은 사람들이 돈을 원하지만, 원하는 만큼 돈을 가지면 행복할 수 있다고 믿지만, 아저씨는 그렇게 많은 돈이 있어도 행복하지 않았잖아요.

―그래 그래, 알았다고. 한데 나는 그렇다 치고, 민선이는 행복한가?

―그렇게 살다가 아이까지 잃었는데, 행복하지 않은 게 정상이겠죠. 하지만 그건 아무도 몰라요. 요즘 그 아이 표정이 어떻던가요? 매일 가서 보시잖아요.

―나쁘진 않아 보였어. 그래도 지금까지 여러 가지 안 좋은 일들을 겪었으니까, 이제부터는 그런 일이 없었으면 좋겠다는 거지.

―만약에 아저씨가 깨어나면 어떻게 하고 싶으세요?

―민선이를 찾아갈 거냐고?

―예.

―……잘 모르겠어. 그 아이 마음을 알아버렸는데, 막상 만나게 되면 뿌리칠 수가 없을 것 같아서.

―왜 뿌리쳐요?

―내 나이가 몇인데.

―그게 뭐 중요해요? 서로 좋아하면 그만이지. 아저씨도 그렇게 생각하시잖아요?

―유령 생활을 오래 하다보니까 생각이 바뀐 거지. 세상에서 제일 중요한 것, 인생의 우선순위, 그런 게 완전히 변했지. 나야 그렇지만, 그 아이에게 정말 내가 필요할까? 자신이 없어.

―사고 당하기 전에 그런 이야기를 들었다면 뒤도 안 돌아보고 도망갔을 거예요, 아저씨는.

―그렇다는 건, 내가 이렇게 된 건 내 삶의 우선순위를 바꾸기 위해서였다는 건가?

―글쎄요.

―언젠가 자네가 미스터 모델에게 그랬지. 인생에서 우연 같은 건 없다고. 모든 일은 필연적으로 일어난다고 말이야. 생각해보면 미스터 모델도 그렇고, 소이와 무이도 그렇고, 이런 일을 겪으면서 많이들 변했지.

―아저씨, 희망을 놓지 마세요. 제가 드릴 수 있는 이야기는

이것뿐이에요.

―그럼 좋은 일이 생기나?

―……제가 지상에 내려와서 수많은 사람들에게 일어나는 수많은 일들을 지켜봤잖아요. 천사라고는 해도, 특별히 도와줄 수 있는 것도 별로 없는데, 저라고 마음이 편했겠어요? 이건 좀 너무하잖아, 그런 생각이 들 때도 간혹 있죠. 그때마다 제가 떠올렸던 이야기가 뭔지 아세요?

―뭔데?

―다니엘서에 나오는 말씀이에요. 느부갓네살 왕이란 자가 금으로 신상을 만들어놓고 모든 사람들은 그 앞에서 절을 해야 한다는 명령을 내렸죠. 하지만 사드락, 메삭, 아벳느고는 그걸 거절했어요. 우상숭배였으니까요. 왕은 그들에게 끝내 절을 하지 않으면 타는 풀무 가운데 던져넣겠다고 해요. 그러자 그들은 이렇게 대답했어요. '왕이여, 우리가 섬기는 우리 하나님이 우리를 극렬히 타는 풀무 가운데서 능히 건져내시겠고 왕의 손에서도 건져내시리이다. 그리 아니하실지라도 왕이여, 우리가 왕의 신들을 섬기지도 아니하고 왕의 세우신 금신상에게 절하지도 아니할 줄을 아옵소서.'

―자네가 하고 싶은 이야기가 뭔지 알겠어. '그리 아니하실지도'라는 거지?

─모든 기도의 마지막에 늘 그 말씀을 떠올려요.

　─그런 것이 진짜 믿음이군. 자네가 몇 백 년 동안 인간들의 생로병사를 곁에서 지켜볼 수 있는 힘인 거지.

　─모르긴 해도, 그 아이 마음도 그럴 거예요. 설사 아저씨를 다시 만나지 못한다고 해도, 믿음을 버릴 수는 없죠.

　─나한테도 그 이야기를 하고 싶은 건가?

　─누가 얘기한다고 들을 사람이에요, 아저씨가.

　─고맙네.

　─뭐가요?

　─말벗이 되어줘서.

　─언제든지요.

　─자네가 떠나면 섭섭할 거야.

　─안 그러셔도 돼요.

　─아니면 떠나기 전에 내 일이 결정되는 건가, 삶이든 죽음이든?

　─유도신문 하지 마시라니까요.

　─그러면 좋겠는데.

　─저도 그러면 좋겠어요. 하지만…….

　─그리 아니하실지라도 말이지?

　─예. 그리 아니하실지라도.

대답을 구하다

그건 내 삶의 어느 한철에 불과한 시절이었다. 그 사이에 계절이 겨울에서 봄으로 바뀌었을 뿐이고, 바람의 방향과 별의 위치가 조금 달라졌을 뿐이다. 인생에서 늘 일어나는 일들이 여전히 일어났고, 일어나기를 꿈꾸었으나 일어나지 않은 일들은 여전히 일어날 기미가 보이지 않았다. 그때 나는 마음 한가운데 차고 단단한 달 또는 돌 같은 것을 하나 품고 살았는데, 그 때문에 자주 체하고 쉽게 지쳤다. 그러나 내가 마음속에 달이나 돌을 지니고 있다 해서 세상이 나를 너그럽게 봐주는 것은 아니다. 언제나 그랬고 늘 그렇다.

달 또는 돌의 크기를 재어보지는 않았으나, 그건 엄마의 머릿속에서 십 년쯤 자라난 종양의 크기와 비슷하지 않았을까 싶다.

뒤늦게 발견된 종양을 제거하기 위해 엄마는 열 시간이 넘게 걸리는 대수술을 받았다. 수술 자체는 성공적이었다고, 의사선생님은 말했다. 그러나 예후가 좋지 않았다. 수술실에서 회복실로, 회복실에서 일반 병동으로 옮긴 후 퇴원을 기다리고 있는데, 엄마의 상태가 갑자기 나빠졌다. 엄마는 중환자실로 옮겨졌다. 면회는 하루에 두 번, 오전과 오후, 삼십 분씩만 허용되었다. 중환자실에서 엄마는 거의 의식이 없었다. 의사선생님이 그랬다. 알아듣지 못해도 계속 이야기를 하라고. 내가 엄마에게 무슨 말을 했는지는 이제 기억나지 않는다. 나중에 엄마가 깨어나면 물어봐야지 하고 생각했던 것은 기억난다. 그때 엄마는 어디에 있었는지, 내가 하는 이야기를 듣고 있었는지, 아니면 내가 모르는 다른 세계를 떠돌고 있었는지. 건강해진 엄마에게 종알종알 그런 질문을 하고 있는 나를 상상하는 일, 그것이 그 시절의 유일한 위안이었다.

엄마가 병원에 있는 동안 많은 사람들이 다녀갔다. 바쁜 시간을 쪼개어 먼 거리를 달려와 내 손을 잡고 힘을 내라고 말해주었다. 나는 그들이 정말로 고마웠지만, 끝을 알 수 없는 터널 속에 갇혀 있었던 탓에 날이 갈수록 예민해졌다. 가장 참을 수 없었던 건 '힘내'라는 말이었다. 그 말을 들을 때마다 소리를 지르고 싶을 지경이었다.

　―더 이상 어떻게 힘을 내란 말이야. 이렇게 온 힘을 다하고 있는데.

　그런 의도로 하는 말이 아니라는 것을 잘 알면서도, 그때는 그랬다. 그 기억 때문에, 나는 지금도 누군가에게 섣불리 '힘내'라는 말을 하지 못한다. 어려울수록 힘은 내야 하는 거지만, 내가 힘을 내는 것만으로 문제가 해결되지 않는 상황도 있다. 물론 나는 단 한순간도 포기한 적이 없었지만, 누군가 내게 '힘내'라고 말할 때마다 어디론가 달아나고 싶었다. 아주 잠깐이라도 마음 속에 묵직하게 들어차 있는 달이나 돌을 잊을 수 있었으면 했다. 그래야 다시 마음을 다잡을 수 있을 것 같았다. 에너지와 긍정적인 시각을 되찾아 터널의 끝을 향해 걸어갈 수 있을 것 같았다.

　하루에 두 번, 중환자실의 면회가 끝나고 회사로 돌아가기 전, 나는 가끔 병원의 잔디밭에 놓인 벤치에 앉아 멍하니 지나가는 사람들을 바라보았다. 아무래도 병원이니까, 행복해 죽겠다는 표정을 짓고 있는 사람은 별로 없었다. 아무래도 병원이니까, 어쩌다 눈이 마주쳐도 쑥스러운 미소 같은 건 짓지 않는다. 나와 그들은, 그들과 나는, 마치 유령을 보듯 서로를 보고 유령이 된 듯 서로를 스쳐갔다. 나로서도 딱히 누구와 말을 하고 싶은 것은 아니었다. 그러나 세상에서 가장 가까운 사람이어야 하는 엄마와의 대화가 가능하지 않은 그 상황이 몹시 혼란스러웠고, 그렇다면 도대체 누구와 소통을 해야 하는 건지 알 수 없어 두려웠다.

어릴 때부터 나는 공상이 많은 아이였고, 지금도 그러하지만, 그런 이유로 하여 그 시절의 나는 절박한 심정으로 공상에 매달렸다. 벤치에 혼자 앉아, 나는 내가 모르는 이야기들을 상상했다. 이 세계가 아닌 다른 세계를, 현실이 아닌 꿈을, 절망이 아닌 희망을. 엄마가 지금 머물고 있을 세계를 마음으로 그려보며, 그곳이 아름답기를 바라며, 공상의 조각들을 이어갔다.

아득하던 시절은 지나갔다. 감사하게도 엄마의 머리 안에 들어 있던 종양이 사라졌고, 엄마와 종알종알 수다도 나눌 수 있게 되었다. 내 마음속에 들어차 있던 달 또는 돌에 새겨졌던 그때의 이야기들을, 이제 꺼내 보일 수도 있게 되었다.

계절은 가을에서 곧 겨울로 바뀔 것이다. 바람의 방향과 별의 위치도 또 한 번 달라질 것이다. 인생에서 늘 일어나는 일들이 일어나고, 나는 여전히 일어날 기미가 보이지 않는 일들이 일어나기를 꿈꾼다. 가끔 누군가에게 말을 걸었는데 어떤 대답도 돌아오지 않아, 유령이 된 것 같은 기분이 드는 날도, 여전히 있다.

내가 당신을 향해 조금 더 몸을 기울이고 귀를 기울이고 마음을 기울여, 당신이 나에게 말을 걸 때마다 온몸과 마음으로 반응하고 싶다는 생각을 하게 된 것은, 그 한철이 내게 남기고 간 선물일지도 모른다. 그리고 혹시 가능하다면, 당신도 그렇게 해주면 좋겠다. 내가 당신에게 간절히 어떤 대답을 구하고 있는데, 당신은 내가 모르는 세계 속으로 들어가 침묵을 지키고 있다면, 나는 유령이 되어버릴 테니까. 당신을 향한 내 마음은 그 어디에도 닿지 못한 채, 당신과 나 '사이'의 세계에 영원히 갇혀버릴 테니까.

나는 당신에게, 존재하는 존재이고 싶다.

내가 사람에게서, 사랑에서 원하는 것은 어쩌면 그것이 전부일지도 모른다.

2009년 가을, 황경신

유령의 일기

© 황경신 2009

초판인쇄	2009년 11월 4일
초판발행	2009년 11월 11일

지은이	황경신
펴낸이	김정순
책임편집	김경태
디자인	김리영 모희정
마케팅	정상희 한승일 임정진
펴낸곳	(주)북하우스 퍼블리셔스
출판등록	1997년 9월 23일 제406-2003-055호

주소	121-840 서울시 마포구 서교동 395-4 선진빌딩 6층
전자우편	editor@bookhouse.co.kr
홈페이지	www.bookhouse.co.kr
전화번호	02-3144-3123
팩스	02-3144-3121

ISBN 978-89-5605-361-5 03810

이 도서의 국립중앙도서관 출판도서목록(CIP)은 e-CIP 홈페이지(http://www.nl.go.kr/cip.php)에서
이용하실 수 있습니다. (CIP제어번호 : CIP2009003454)